Les Songes de Neptune

Eli Terrence

Dépôt légal : juin 2014
ISBN : 978-2-35168-675-1
ISSN : 1639-0571

http://www.les2encres.net

À Madeleine

1 - ÉCLIPSES

La porte commença à s'ouvrir, laissant filtrer un filet de lumière dans la pièce obscure. Le souffle coupé, P12, un garçon d'une douzaine d'années, fixait l'ouverture. Cela faisait sans doute plusieurs heures qu'il était enfermé. À mesure que la porte cédait à la lumière, il dut, dans un premier temps, plisser les yeux.

Une silhouette immense vint maladroitement se figer à l'entrée de la pièce. Encore ébloui, P12 ne pouvait en discerner les traits. Sa taille impressionnante et son allure difforme n'étaient pas faites pour atténuer son angoisse. Un détail renforça rapidement ses craintes. Ce détail, il aurait ébranlé le plus courageux des enfants pour peu qu'il ait vécu à la même époque que P12 et reçu la même éducation : l'individu tripode était soutenu par une longue canne.

La silhouette improbable avança vers lui. À chaque pas, elle donnait l'impression de basculer dangereusement vers le sol, rattrapée *in extremis* par l'objet tenu en main. *Le Phare*, il était maintenant persuadé que c'était lui, vint laborieusement se placer à quelques centimètres de P12. La silhouette, si grande que, placée ainsi, elle obstruait la totalité de la lumière, resta immobile plusieurs secondes. Solidement attaché à la chaise sur laquelle il était assis, P12 dépassait à peine les genoux de l'individu. Le *Phare* se pencha et rapprocha son visage de celui de l'enfant. Il semblait avoir quelques difficultés à reprendre sa respiration et haletait de façon bruyante.

Familiarisé avec la rigueur de ses traits, P12 ne fut pas choqué par le regard froid et désenchanté qui venait de rencontrer le sien. Il le fut en revanche bien plus lorsque l'immense personnage se mit à esquisser un sourire, laissant entrevoir ses nombreuses rides, et qu'une expression bienveillante traversa l'ensemble de son visage. Peut-être, finalement, le Régime n'avait-il pas tout compris, peut-être que tout n'était pas perdu, peut-être même pourrait-il retourner parmi les siens et continuer d'œuvrer pour que la vérité éclate ? Positionné à quelques centimètres de l'oreille de P12, le *Phare* murmura quelques mots entre deux souffles pénibles.

– Je sais qui tu es, P12, ou plutôt devrais-je dire *Neptune*. Je ne le répéterai pas deux fois : dis-nous tout ce que tu sais sur la Confrérie des Songes ou quitte-nous définitivement.

P12, les muscles du visage tétanisés, sentit ses forces disparaître. Après tout, sans doute n'est-ce encore qu'un rêve ? pensa-t-il avant de perdre connaissance.

Au même moment et à seulement quelques centaines de mètres de là, P101 et P102, deux autres enfants du même âge, étaient loin de se douter de l'horrible situation dans laquelle se retrouvait P12. À dire vrai, ils ne le connaissaient même pas. Ils étaient en effet localisés dans un dortoir différent du sien, celui de l'aile ouest, et ils n'avaient encore jamais eu l'occasion de le croiser.

Comme tous les vendredis, en fin de journée, ils assistaient à l'une des trois leçons de la semaine prodiguée par la Doyenne. Depuis la mise en retraite de ses collègues, cette vieille femme se chargeait, seule, d'encadrer toutes les leçons, qu'il s'agisse de l'« histoire de l'Aurore », des « langues à préserver » ou encore du « civisme survie ». Comme fossilisée, elle restait systématiquement assise et immobile derrière son bureau et parlait d'un ton terne et bas.

– Ce soir, c'est d'histoire que nous allons palabrer, annonça-t-elle sans entrain.

Elle choisissait toujours des termes au moins aussi datés qu'elle.

– Nous allons commencer cette nouvelle leçon par un épisode célèbre de notre passé. Je fais allusion à la genèse de notre époque, continua-t-elle en fixant soudainement P102.

P101 sourit légèrement. Elle prenait régulièrement pour cible son camarade, soucieuse de l'impliquer dans un cours qui ne l'intéressait que rarement.

– Nous allons reprendre le témoignage du *Phare*, alors qu'il relate les terribles trois jours de Mathusalem et ceux qui ont suivi. Qui veut nous lire les premiers extraits de son journal de bord ?

– Pas moi, pas moi, pas moi, pas moi…

– P102 ! Nous aimerions vous entendre. Vous semblez avoir envie de parler !

– Nonnnnnn, gémit-il dans un souffle.

P101 sourit plus largement. Les situations que son ami redoutait finissaient le plus souvent par se réaliser et, le plus souvent, par sa propre faute. Beaucoup plus discret et sérieux, P101 échappait généralement à ce type d'embûche.

– Seulement les premiers extraits, ai-je dit. Évitons les lamentations…

P102 se leva pour chercher la feuille que lui tendait la Doyenne et commença la lecture sur un ton solennel :

– Jours 1 : Nous avons décidé de l'appeler l'Éphémère. Je n'avais jamais connu un tel virus. Il accélère de manière incroyable le mode de vieillissement. On ne sait toujours rien de ses origines ni du processus de contagion, mais les pertes sont déjà colossales. La première journée de contamination se termine. Tous les individus de plus de cinquante ans sont déjà partis. Il me faut trouver une solution. Je vais tester le protocole THBD.

Jours 3 : Seuls les nouveau-nés de notre hôpital et ceux des cliniques voisines que l'on nous a transférés ont survécu. Je n'ai pas pu diffuser le remède hors des murs de l'hôpital côtier. J'espère que le personnel à qui j'ai administré le traitement va également résister au virus… Nous avons décidé de partir dès demain et de quitter la ville. C'est notre seule chance. Il nous faut trouver une zone désertique, là où le virus n'a pas pu aller.

Jours 6 : Il nous a fallu deux jours de voyage. Nous sommes parvenus à sauver près de 150 enfants. J'ai demandé à ce qu'on les répartisse sur les deux dortoirs des zones est et ouest de la tour. Ils sont trop nombreux pour leur attribuer à tous des prénoms. Nous avons opté, provisoirement, pour des matricules.

Il s'arrêta, lui-même ébranlé par ce qu'il venait de lire. La salle, composée d'une trentaine d'enfants, restait silencieuse.

– Merci pour cette lecture pleine d'enthousiasme, enchaîna, ironique, la Doyenne. Vous pouvez retourner vous asseoir. Qu'avons-nous appris de ce récit ?

N71, une petite fille aux cheveux hirsutes, prit la parole.

– Nous avons appris que le *Phare* nous a sauvés d'une mort certaine.

– Oui, c'est en effet l'un des principaux enseignements de cette histoire. D'autres commentaires ?

– Pourquoi ne croisons-nous jamais les autres enfants, ceux du lieu de dressage est ? questionna P77.

P101 le regarda surpris. Il trouvait la question dérangeante. Il n'aurait jamais osé la poser lui-même.

La Doyenne souffla et fit quelques efforts pour se lever.

– Mon enfant, votre…

Une alarme assourdissante retentit et la coupa en plein élan. Les enfants échangèrent des regards inquiets. L'un d'eux avait dû transgresser le règlement disciplinaire du Régime. P77, lui, avait blêmi. Sa question ne lui semblait quand même pas si subversive qu'elle mérite l'intervention des gardiens !

La Doyenne finit laborieusement de se redresser et regarda par l'une des fenêtres, intriguée. La sirène s'arrêtait juste dans un râle plaintif. P77 poussa un soupir de soulagement. Ce n'était pas lui que les gardiens venaient chercher. Quand la Doyenne se retourna vers les enfants, son air était sévère.

– Voilà ce qui arrive lorsqu'on enfreint les règles.

Elle revint s'asseoir et reprit sa position initiale.

– Peut-être un de vos camarades sera-t-il banni aujourd'hui ; j'espère qu'il ne se fera pas dévorer.

2 - RUMEURS

La zone de l'Aurore était lunaire. Au cœur d'une immense forêt, s'étalait une plaine cendrée d'une cinquantaine d'hectares d'où n'émanait aucun signe d'activité. Seuls quelques nuages menaçants, au loin, venaient rompre la monotonie et l'unité de couleur ocre qui caractérisaient le lieu. Désertique, pour sûr, ce bout de terre l'était. Il n'était en revanche pas inhabité. Au milieu de ce néant poussiéreux, se dressait une immense tour pyramidale, que le manque de relief environnant rendait plus vertigineuse encore. Telle une sentinelle métallique, elle semblait surveiller l'ensemble de l'Aurore et incarner une forme d'humanité détonant dans la miséreuse nature ambiante. À ses pieds, se dévoilaient difficilement deux groupes de petits bâtiments aux lignes architecturales minimalistes. Ces blocs rectangulaires étaient positionnés de chaque côté de la tour et reliés par un étroit pont que trois fines poutres en métal rouillé soutenaient.

La journée touchait à sa fin. Alors que le soleil approchait une ligne d'horizon que les quelques nuages présents rendaient incertaine, une lumière rougie irrigua progressivement la plaine, lui conférant un aspect coloré beaucoup moins lugubre.

Comme chaque soir de cette semaine, P101 et une dizaine de ses compagnons passaient la seconde partie de leur soirée à s'acquitter des corvées ménagères. Cette fois-ci, le binôme P102 et P101 avait eu moins de chance qu'à l'accoutumée et devait s'occuper des douches communes. La faute à P102 ! Il avait reçu une punition la veille. Il s'était plaint de la présence de navets dans le plat servi durant le déjeuner. Comme la majorité des enfants, il saturait de ce légume, un des rares susceptibles d'être cultivés sur le sol aride de l'Aurore, et l'avait manifesté à ses camarades de table. Cette fouine d'Intendante l'avait entendu et puni ainsi que son voisin et principal complice, P101.

Alors qu'il s'affairait à rendre les murs aussi propre que possible, ce dernier avait l'esprit ailleurs. Il était depuis quelques heures très préoccupé par la présence d'une équipe de gardiens dans les locaux du lieu de dressage. Son entretien avec eux était programmé durant le week-end, soit trois jours plus tard. Les entretiens des années précédentes n'avaient pas donné lieu à des sanctions ou des réprimandes particulières. Il ne voyait pas pourquoi il en serait autrement pour celui-ci, mais il détestait ce moment où les gardiens tentaient de pénétrer dans sa pensée et de mesurer son attachement et sa fidélité au Régime. P102, d'un naturel pourtant moins inquiet, ressentait, lui aussi, une légère appréhension. De sinistres propos, discrètement rapportés par deux de ses camarades au cours du dîner quelques minutes plus tôt, continuaient à le tracasser. Il mourait d'envie d'en parler à P101 mais savait que, même dans les sanitaires, les caméras disposées aux deux angles de la pièce ne permettaient pas d'échanger beaucoup d'informations… surtout lorsque ces dernières parlaient du Régime et que les gardiens étaient déjà sur place.

La sirène retentit bruyamment pendant quelques secondes pour la seconde fois de la journée.

– Encore ?! s'étonna P102.

– Oui, marmonna P101, lui aussi intrigué.

Il se tourna vers le couloir, persuadé de voir arriver d'un instant à l'autre des gardiens, au pas de course, à la poursuite des fauteurs de trouble.

–Rien…, constata-t-il alors qu'il se replongeait dans son travail.

21 h 30. P101 et P102 finirent de frotter les quelques zones encore sales et se mirent en route, en direction du dortoir situé à l'autre extrémité du site. Les deux enfants décidèrent, sans même se concerter, de profiter de ce moment entre chien et loup pour sortir du bâtiment en empruntant l'une des allées extérieures. Ils auraient pu opter pour les tunnels du lieu de dressage reliant les différents bâtiments, plus pratiques et directs, mais ils détestaient ces longs et glauques couloirs. Focalisés sur la tour pyramidale, les deux amis longèrent silencieusement le grillage est. Une légère brise et une température clémente rendaient la balade agréable. Ce grillage, haut de plusieurs mètres et équipé de quelques caméras situées à intervalles réguliers, délimitait les frontières séparant le lieu de dressage du reste de la zone.

– Ton ventre ? demanda P102 le plus doucement possible.

– Quoi, mon ventre ?! rétorqua, moins discret, P101.

– Je viens d'entendre un bruit étouffé, j'ai cru que…

P101 pouffa. Il comprenait les doutes de son camarade : son ventre n'arrêtait pas de gargouiller depuis le dîner.

Cette fois, il entendit lui aussi le son dont son ami venait de parler. Un son lointain et sourd. Il regarda, inquiet, au travers les grillages, vers la zone hors Aurore.

– Plutôt des chimères... On dirait qu'elles sont énervées ce soir. J'espère qu'elles ne vont pas se rapprocher du dortoir.

Des chimères... P101 et P102 n'en avaient heureusement jamais croisé véritablement. P101 était bien convaincu d'en avoir aperçu une, il y a quelques années, rôder à proximité du bâtiment des outils. La vision avait néanmoins été trop fuyante pour qu'il en gardât un souvenir précis et certain. Les livres de survie expliquaient que ces bêtes affamées n'hésitaient pas à s'attaquer aux enfants bannis de la zone. Elles pouvaient emprunter les traits de certains des anciens animaux qui peuplaient la terre, notamment ceux des loups, des ours ou des singes. Elles étaient également redoutées parce qu'elles transportaient avec elles le virus l'Éphémère et menaçaient de relancer la contamination.

– Les grillages nous protègent. Et puis les lumières de la tour sont allumées et ces bestioles détestent la lumière.

P102 affichait toujours une certaine sérénité que lui enviait son camarade. La majorité du temps cependant, il bluffait.

Un cri aigu, beaucoup plus proche que les précédents, déchira la nuit et ébranla cette belle sérénité ! Les deux enfants se mirent à courir aussi vite qu'ils le pouvaient.

Une fois parcourus, au sprint, les deux cents mètres qui les séparaient du dortoir, P101 et P102 s'engouffrèrent dans le bâtiment principal. Bien contents d'être à l'abri, ils avalèrent deux étages et s'installèrent dans le couloir, faisant dos à la porte de leur chambre. Neuf ans qu'ils la partageaient. Comme chaque soir, ils attendirent quelques secondes, sans prononcer un mot, que la sirène retentisse une dernière fois pour l'intégrer. La patience de P102 était mise à rude épreuve. Il voulait absolument partager ce qu'il savait avec son ami, l'informer des rumeurs funestes qui circulaient dans les couloirs du lieu de dressage.

– Dans un quart d'heure, tous les enfants doivent être couchés.

Le message de l'Intendante, relayé par les haut-parleurs du dortoir, fut répété à trois reprises en quelques secondes. C'était un rituel auquel P101 et P102 étaient habitués et des ordres auxquels ils se pliaient sans s'interroger. La chambre dans laquelle ils pénétrèrent bénéficiait d'une décoration minimaliste composée de lits superposés, d'un lavabo au fonctionnement aléatoire, d'un étroit bureau et de deux petites armoires en piteux état où s'entassaient les affaires personnelles de l'un et l'autre. Au sommet de la porte était affiché un message, similaire dans toutes les chambres et largement présent dans les différents espaces du lieu de dressage : *L'Aurore d'aujourd'hui doit être le soleil de demain.* Au-dessus d'une étroite fenêtre donnant sur la tour pyramidale, une caméra était fixée. Pour faciliter l'observation des enfants par le Régime, toutes les chambres restaient constamment allumées. Aucun moyen ne permettait d'éteindre cette lumière. Elles étaient bien munies d'interrupteurs, mais cela faisait très longtemps qu'ils avaient été déconnectés et qu'ils ne servaient à rien d'autre qu'à décorer laidement la pièce. Les gardiens attendaient généralement deux heures après le coucher, une fois les enfants endormis, pour plonger les chambres dans une semi-obscurité, seulement contestée par un léger halo lumineux.

Malgré cette absence permanente d'obscurité, P101 et P102 avaient depuis longtemps appris à communiquer entre eux sans attirer l'attention de la caméra. Une fois couchés, ils simulaient l'endormissement et, se tournant vers le mur, chuchotaient pour discuter. Les climatiseurs du lieu de dressage assuraient un bruit de fond tel que les enfants pouvaient facilement murmurer sans se faire entendre. Les murs avaient sans doute de bons yeux, mais les oreilles, elles, restaient largement perfectibles.

Ce soir-là, P101 n'était pas disposé à entamer une longue conversation. Il était fatigué par sa journée et la présence des gardiens sur le site le dissuadait de prendre le moindre risque. P102, lui, avait d'autres ambitions à court terme. Il se dépêcha d'enfiler sa tenue de nuit et se faufila en toute hâte dans son lit, désireux de pouvoir, enfin, dévoiler à son ami les informations qu'il possédait.

Sur le point de s'endormir, P101 entendit un léger bruit. Familiarisé avec ce son, il n'eut aucune difficulté à identifier le frottement contre le mur et à y déceler un signal.

– 1, tu m'entends ? 1, t'endors pas déjà !

P101 souffla. Visiblement, il n'allait pas pouvoir se reposer immédiatement. Il connaissait l'entêtement de son ami.

– Je suis fatigué, on ne peut pas discuter demain ? glissa-t-il discrètement, le visage à moitié recouvert par son drap.

– Non, réagit P102, il se passe des choses importantes dans le lieu de dressage. J'ai entendu dire des trucs incroyables.

Comme pour donner du poids à son propos, des bruits de pas lourds et rapides résonnèrent dans le couloir pendant quelques secondes.

Bien sûr, pensa P101, son ami avait souvent tendance à exagérer les choses et à inventer des complications là où la réalité était beaucoup plus simple. Mais une telle excitation aiguisa malgré tout sa curiosité. Il était rare en effet que l'ordinaire soit perturbé par des « trucs incroyables ».

– Raconte-moi alors. Mais calme-toi et reste discret, ajouta-t-il après avoir jeté un rapide regard vers la caméra.

– On raconte, chuchota P102, qu'un enfant a disparu aujourd'hui. Il n'est pas revenu de son entretien annuel. Il paraît même que certains d'entre nous l'ont vu quitter les lieux, inanimé, porté par les gardiens.

– Tu sais de qui il s'agit ?

– Non, je n'ai eu aucune information là-dessus. J'essaierai de me renseigner demain.

P101 eut un frisson égoïste. Son entretien était programmé trois jours plus tard. Qu'avait-il bien pu se passer ? Qu'avait fait l'enfant pour recevoir une telle punition ?

– Le plus incroyable, ce n'est même pas ça, s'empressa d'indiquer P102. Il paraîtrait aussi que certains d'entre nous ont aperçu une très haute silhouette circuler dans les couloirs de l'aile ouest.

P101, surpris, ne vit pas immédiatement en quoi cette seconde nouvelle surpassait la première et mit quelques secondes à réagir. Trop pour P102 qui, sentant que son annonce n'avait pas été suffisamment claire, reprit, certain cette fois de son effet.

– Un homme incroyablement grand, soutenu par une canne…

P101 resta silencieux.

– Tu ne t'es quand même pas endormi ?! s'inquiéta P102.

– Non, non. Mais j'ai du mal à le croire. Qui te l'a dit ? Tu es sûr de l'information ?

– P58 et P80 me l'ont dit. Je suis convaincu que c'est vrai. Le *Phare* est ici, sur place. Et, au même moment, l'un d'entre nous disparaît. Il se passe des choses bizarres, j'en suis sûr !

– C'est bien possible, oui…, articula lentement P101 en fixant son mur. Mais pourquoi ? Ce serait bien la première fois, du moins à ma connaissance, qu'il vient dans la zone ouest…

– J'ai l'impression qu'on le saura rapidement, assura P102, esquissant un sourire inquiet.

P101, lui, ne souriait pas et la discussion s'arrêta là. Les deux amis, épuisés par une journée de travail harassante, n'avaient guère plus d'énergie à lui consacrer. Pourtant, tout prostré qu'il était, P101 ne parvint pas à s'endormir. Les derniers événements, si près de son entretien annuel avec les gardiens, étaient loin de le réjouir. Quelle galère, pensa-t-il. Il fallait que ça arrive maintenant !

Alors qu'il ruminait ses inquiétudes, P101 fut surpris de voir les lumières de la chambre se tamiser si rapidement. Voici donc deux heures déjà qu'il ressassait ses idées, pensa-t-il. Il se sentit néanmoins apaisé dans cette obscurité partielle. Il aimait ces moments-là, trop rares, durant lesquels il pouvait s'évader de son quotidien, s'imaginer moins épié. Il se leva et se dirigea vers la petite fenêtre. De là, il regarda quelques minutes, admiratif, la tour pyramidale imposer aux ténèbres une lumière aurore.

3 - INTERROGATOIRE

La veille de son entretien, les rumeurs n'avaient cessé d'enfler. P101 avait même entendu, plus tôt dans la journée, deux enfants assurer que le lieu de dressage de la zone est allait bientôt fermer et ses occupants être transférés zone ouest.

Ce soir-là, il rencontra une nouvelle fois des difficultés à trouver le sommeil. Il finit néanmoins par basculer, sans s'en rendre compte, et se retrouva dans un couloir qui ressemblait à s'y méprendre à ceux du bâtiment de dressage. Une lumière, si éblouissante qu'elle en était aveuglante, des murs blancs immaculés, un sol en béton que le temps avait détérioré, conféraient à ce lieu une atmosphère cauchemardesque.

Une voix féminine résonna dans le couloir.

– Neptune, Neptune, nous avons besoin de toi. Rejoins-nous !

Cette voix lui semblait vaguement familière, mais il n'était pas vraiment sûr qu'elle s'adressât à lui… Pourquoi l'appeler Neptune ?!

Elle se manifesta encore.

– Neptune, viens. Nous souhaitons te rencontrer…

– À qui parlez-vous ?

– Nept-un ! 1 ! Réveille-toi ! 1…

Cette fois, la voix était masculine et c'était bien à lui qu'on s'adressait !

– 1, réveille-toi ! 1, mince, réveille-toi, ils arrivent !

P101 se redressa brutalement. La chambre baignait encore dans l'obscurité. P102 venait de le sortir d'un rêve très étrange. Il écouta attentivement les bruits qui parvenaient du couloir. Les gardiens approchaient, cela ne faisait aucun doute. Et les pas semblaient nombreux. On frappa à la porte, doucement. Puis, de façon plus appuyée. P101 se leva, enfila rapidement son pantalon et un pull supplémentaire. Deux gardiens l'attendaient, juste derrière la porte. Ils portaient leur longue tunique médicale habituelle. Un masque anticontamination dissimulait l'essentiel de leur visage et complétait l'accoutrement.

Le petit groupe se déplaça jusqu'à l'infirmerie située à l'étage supérieur du bâtiment. C'est ici que se tenaient habituellement les entretiens. P101 s'installa sur une chaise placée au centre de la pièce. Un des gardiens prit la parole et demanda, d'une voix calme :

– Nous allons commencer par évaluer ta mémoire et identifier les éléments marquants de ton existence. Quels sont tes souvenirs les plus anciens ?

Cette question, introductive, n'avait rien de déstabilisant. Elle lançait systématiquement la discussion depuis quelques années. Rassuré par la non-présence du *Phare* dans la pièce, P101 tenta, une énième fois, de stimuler sa mémoire dormante et de faire ressurgir quelques épisodes de son passé. Sans doute satisfaits des premières réponses, les gardiens enchaînèrent sur une seconde thématique, là encore habituelle :

– Fais-tu des cauchemars ? demanda l'un d'eux.

P101 était réticent à l'idée d'évoquer ses cauchemars. Il savait que les gardiens ne manqueraient pas d'interpréter ses propos et ses pensées. Il détestait ces moments où les garants du Régime pénétraient dans son intimité.

– Oui, parfois, finit-il par admettre après quelques secondes de réflexion. Le plus régulier d'entre eux concerne mes parents. Nous sommes dans un petit appartement, au sommet d'un bâtiment de deux ou trois étages, eux dans une pièce, moi dans l'autre. Par la fenêtre, j'aperçois au loin une tempête de sable approcher. Elle paraît gigantesque et recouvre totalement la tour pyramidale située bien plus au nord qu'elle ne l'est réellement. Effrayé, je cours dans la pièce où ils se trouvent. Ils sont affreusement âgés et dorment profondément dans un lit. Je ne parviens pas à les réveiller. Je les secoue et les secoue encore ! Rien n'y fait. Ils restent inertes. Pris de panique, je repars en courant dans la première pièce. Là, en arrivant devant la fenêtre, je retrouve celui que je crois être mon père. Mais il s'agit du *Phare* ! Il est bien plus jeune et se déplace sans canne. Il me regarde, me prend par l'épaule et nous nous tournons tous deux vers la fenêtre. Nous voyons alors que la tempête de sable, d'une violence inouïe, n'est plus qu'à quelques mètres. Il me sourit… C'est à ce moment-là que je me réveille, conclut-il.

Les deux gardiens s'échangèrent un rapide regard. Aucun ne rebondit néanmoins. Perdu dans ses pensées, il fallut quelques secondes à P101 pour sortir de son affreux cauchemar.

– L'un de vous deux peut-il venir quelques instants ?

Un troisième gardien venait d'entrouvrir discrètement la porte et de glisser sa tête dans la pièce pour interpeller ses collègues. Il fut rejoint dans le couloir par l'un d'entre eux. La porte se referma.

– Le Ph…… ive.

Le son provenant du couloir, épuisé par l'épaisseur des murs, n'était quasiment pas audible de l'intérieur de la pièce. P101 perçut quelques secondes plus tard un bruit de pas singulier. Lents, ces pas étaient entrecoupés de légers cognements. C'était donc vrai… Le *Phare* était seulement à quelques mètres de lui. Était-il là pour lui ? Allait-il l'interroger ? Le bannir ?

La cogitation angoissante de P101 ne dura heureusement que quelques secondes. Juste le temps pour les trois protagonistes de tenir une discussion brouhahaesque dont P101 ne put décoder aucun passage. Un des gardiens pénétra seul dans la pièce et s'adressa à celui resté au côté de l'enfant.

– Je dois te laisser. Poursuis l'entretien et administre le traitement. Je reviens le plus rapidement possible.

Il repartit.

P101 n'avait jamais sans doute été aussi soulagé de reprendre l'entretien et de répondre aux questions posées par le gardien restant. Il eut droit également à son traitement médical annuel. Une simple précaution. Une piqûre administrée pour lutter contre un improbable – mais toujours possible – retour de l'Éphémère.

Soulagé d'en finir, P101 se pressa de retrouver P102 et ses autres camarades. Il se dirigea d'un pas rapide vers le réfectoire où étaient affichées les affectations de la journée.

– Tu n'arrives que maintenant ? demanda l'Intendante.

Cette femme devait déjà être très âgée avant les trois jours de Mathusalem. Certaines rumeurs soutenaient même qu'elle était née avec des rides et sans ses dents. Elle baladait désormais un corps décharné, couvert d'une épaisse étole, et était dotée d'une voix aiguë que les enfants avaient en horreur. Elle passait l'essentiel de son temps à hurler après eux, qu'elle le fasse dans son micro ou directement dans leurs oreilles. P101 avait connu plusieurs intendantes se partageant le travail de surveillance et d'organisation du site. Mais désormais, depuis un an au moins, elle était la seule à occuper ce rôle.

– Oui, je viens juste de terminer mon entretien annuel, répondit-il timidement.

– Cette nouvelle me bouleverse, compatit-elle en dévoilant un sourire moqueur que de fausses dents trop longues et jaunâtres rendaient carnassier. Maintenant, dépêche-toi ! Ton équipe a déjà commencé le travail. Tu seras dans l'obligation de terminer plus tard, ce soir.

– Mais… commença P101 pour protester.

– Mais… fie-toi de la punition, si tu insistes ! Dépêche-toi.

L'Intendante avait pour habitude de couper court aux discussions. Elle semblait vraiment détester les enfants.

P101 se rendit immédiatement sur un des chantiers dans l'allée centrale de la zone ouest pour entreprendre son nettoyage. Il ne connaissait pas particulièrement les trois autres enfants de l'équipe et décida de se focaliser sur le travail en espérant que le temps passe plus vite. Au loin, à l'extérieur de la zone, il pouvait apercevoir P102 s'affairer sur un bout de terre, sans doute pour la rendre plus malléable et y planter quelques légumes et agrumes. Il rit en constatant à quel point son ami bataillait avec sa bêche et une terre que la canicule avait rendue aussi dure que du béton.

– Installe-toi là et aide-les à déblayer le chemin, lui ordonna le gardien. Il nous faut assainir le bitume ! ajouta-t-il de manière autoritaire.

P101 n'avait aucune habileté pour ce genre de tâche, mais il s'exécuta laborieusement sans répliquer.

– P101. P101 !

Perdu dans ses pensées, P101 réagit tardivement à l'appel chuchoté d'un camarade, travaillant à ses côtés.

– Quoi ? murmura-t-il à son tour.

– Tu as croisé P86 ce matin ?

– Je ne crois pas, pourquoi ?

– Il paraît que le *Phare* l'a séquestrée avant de la jeter aux chimères dans la zone hors Aurore !

– Mais qui t'a dit ça ? demanda P101.

– Assez discuté, vous deux. Au travail ! coupa sèchement le gardien. Nous aurons des difficultés à tenir les échéances de la journée. Pas de temps à perdre !

Sa remontrance terminée, il s'immobilisa quelques instants pour scruter un point éloigné situé derrière P101 et P86. Ils se tournèrent lentement. Deux autres gardiens approchaient. Ils peinaient à transporter un panneau lourd et encombrant. Arrivés à proximité de la zone de travail, ils commencèrent à creuser le sol. Après quelques minutes d'efforts, de souffles et de jurons proférés contre le climat de la région, les deux gardiens firent une première pause. Il en fallut trois supplémentaires et quelques minutes de travail autour de chacune d'elles pour que la taille et la profondeur du trou les satisfassent enfin. Ils y plantèrent le panneau, rebouchèrent le contour et quittèrent les lieux comme ils étaient venus, d'une démarche lourde et fatiguée.

Les enfants purent lire : « Attention danger. Présence de chimères agressives. Restez prudents sur les zones de culture ».

4 - COMMÉMORATION

– Tous les enfants sont attendus en salle collective. Je répète, tous les enfants sont attendus en salle collective.

Les haut-parleurs passaient ce message du Régime en boucle depuis près de dix minutes. Ce matraquage auditif rameutait les troupes dans la plus grande salle du lieu de dressage. C'est ici, devant l'écran géant installé pour l'occasion, que la cinquantaine d'enfants de la zone ouest allaient visionner le discours du *Phare* ainsi que le film de célébration du Régime et de l'ère de l'Aurore. P101 et P102 étaient en chemin et marchaient lentement, à la suite d'autres enfants, dans les couloirs du réfectoire. Profitant de ce mouvement de foule, P102 ne put s'empêcher de se plaindre.

– Sa voix est aussi insupportable que son sourire !

– Arrête, souffla P101, en contenant un rire. Tu vas nous faire avoir des ennuis.

– C'est pénible. Tous les ans la même rengaine, continua-t-il malgré tout.

– Dernière sommation. Vous devriez déjà tous être dans la salle collective. Vous n'avez plus que cinq minutes. Aucun retard ne sera toléré.

– On tolère bien votre voix, nous, conclut P102.

Trente secondes plus tard, les deux amis arrivaient enfin dans la grande salle commune. Chaque zone de dressage possédait la sienne. Aucune décoration ne venait égayer le lieu. On eût dit un entrepôt délabré dans lequel étaient déposées des tables et chaises touchées par les ravages du temps.

Les places libres commençaient à se faire rares et, pour rester côte à côte, P101 et P102 durent s'installer sur deux sièges en bois particulièrement inconfortables parmi les plus éloignés de l'écran.

Il régnait dans la salle le plus grand des silences. Le moment était solennel et les gardiens plus nombreux qu'à l'accoutumée. Près d'une dizaine d'entre eux quadrillaient la salle. L'écran géant se mit à grésiller et le visage du *Phare* apparut, grave et profond. L'assemblée paraissait, comme à chacune de ses apparitions, fascinée.

– Mes enfants, commença-t-il, voici dix ans que je veille sur vous et vous vois grandir. Bientôt, vous serez les forces vives de l'Aurore, ceux qui assureront son développement. Notre traitement médical est une réussite et je suis soulagé de vous observer tous en bonne santé. Notre monde se reconstruit doucement. Nous en sommes les seuls garants. Je suis particulièrement fier, durant quelques années encore, d'être votre guide, votre *Phare*. Mais il nous faut rester vigilants, reprit-il. Les dangers qui nous guettent sont nombreux. Beaucoup viennent de l'extérieur de la zone de l'Aurore. Le virus qui a décimé l'humanité lors des trois jours de Mathusalem est peut-être encore présent. Il suffirait qu'un de nous l'attrape pour que l'équilibre de notre époque soit de nouveau ébranlé. C'est sans doute le danger le plus menaçant mais ce n'est pas le seul. Depuis la quasi-extinction de la race humaine, la faune et la flore qui se sont développées aux environs de l'Aurore n'ont jamais paru aussi menaçantes. D'étranges créatures peuplent les contrées qui nous entourent et aucun des éclaireurs que nous avons envoyés pour prospecter n'est jamais revenu. Soyez donc prudents, le renouveau de l'humanité ne tient qu'à un fil. Je ferai mon possible pour le préserver, mais j'ai besoin de votre soutien actif. Un jour, je passerai le relais et il faudra que certains, parmi vous, se montrent suffisamment instruits et courageux pour assurer la mission qui est actuellement la mienne. Nous sommes dans une phase de transition. N'oubliez pas : *L'Aurore d'aujourd'hui doit être le soleil de demain.*

Bien que le discours fût terminé, aucun enfant ne se leva ou ne prononça un mot. L'assemblée restait immobile et silencieuse. Tous savaient qu'à ce premier moment succédait un long documentaire sur les trois jours de Mathusalem et l'instauration de l'Aurore. Comme chacun de ses camarades, du moins le supposait-il, P101 se lassait de regarder ce film. Mais personne ne disait mot. Inchangé depuis cinq ans, on y voyait un cortège de bus quitter une ville immense pour se diriger vers des contrées toujours plus désertiques. Le documentaire compilait quelques images et films d'archives et expliquait que mille deux cents kilomètres avaient été parcourus pour fuir les zones contaminées.

– C'est bientôt… T'es sûr ?

P101, intrigué, se tourna légèrement. Deux enfants placés sur sa droite discutaient discrètement. C'était bien la première fois qu'il entendait parler durant la cérémonie !

– Oui… il m'avait dit que… peur.

P101 se pencha un peu plus.

– J'espère que tout va fonctionner… excité.

Il ne pouvait entendre que des bouts de phrase.

– …quelques secondes, sembla insister le premier.

P101 jeta un regard furtif et curieux à P102. Visiblement, celui-ci n'avait rien entendu. Il décida de se concentrer à nouveau sur le film. La commémoration se poursuivit ainsi comme chaque année. Les enfants, dociles, attendant que le film se termine.

– J'en ai marre, maugréa P102. Le temps s'est arrêté ou ça vient de moi ? Nous sommes en quelle année ? demanda-t-il imprudemment, pour amuser P101.

– Je ne veux plus rien entendre. Vous avez bien compris ? s'agaça un gardien, de passage à proximité.

– Oui, répondirent, hypocrites, P101 et P102.

– Que je ne vous… Mais... qu'est-ce que…

Une coupure de courant l'interrompit ! La salle était soudainement plongée dans l'obscurité la plus totale.

– Madame l'Intendante, j'ai retrouvé vos dents ! cria un enfant.

Il déclencha l'hilarité générale. Plusieurs d'entre eux, profitant du noir, prirent le relais.

– Madame l'Intendante, dites à vos dents d'arrêter de me mordre !

P102 faisait partie des enfants les plus bruyants.

– Madame l'Intendante, arrêtez de manger les fils électriques de la salle !

Ce chahut, sans précédent dans l'histoire de l'Aurore, fut néanmoins de courte durée.

– Que tout le monde se taise et reste assis ! tonitrua un gardien à la droite de P101 et P102.

– Que tout le monde se taise et reste assis, tonna un second gardien, cette fois sur leur gauche.

Furieuse, l'Intendante prit le relais. Sa colère couvrit l'ensemble du brouhaha.

– Du calme ! Du calme ! Les enfants qui crient seront punis. Les caméras vous filment. Je veux le silence le plus total, immédiatement.

Son discours ne resta pas longtemps sans effet et le silence revint rapidement dans la salle. Elle poursuivit :

– Un accident technique est responsable de cette coupure de courant. Que tous les enfants quittent sagement la pièce et regagnent leur chambre sans un mot. Aucun écart ne sera toléré. Je répète, tous les enfants doivent se rendre dans leur chambre.

La salle obscure se vida progressivement. P101 et P102 se mêlèrent au cortège d'enfants et traversèrent rapidement le lieu de dressage.

– C'est quand même étonnant, cet incident technique, glissa P102 alors que les bruits de pas dans les couloirs couvraient les chuchotements.

– Je ne crois pas qu'il soit si accidentel, lui rétorqua P101, sûr de lui.

Il lui relata alors les fragments de la discussion qu'il avait entendus durant la cérémonie.

P102 gloussa :

– Elle me plaît, cette histoire ! Depuis quelques jours, il se passe vraiment des choses bizarres ici…

5 - UNE VOIX DANS LA NUIT

– Mais je ne pourrai jamais réussir. Je ne peux pas, assura P101.

– Si ! On compte sur toi, tu es notre dernier espoir. Tu dois réussir !

P101 ne pouvait voir son interlocuteur, mais il était convaincu de ne pas être en mesure de répondre à ses attentes, et continuait de marteler :

– Je ne peux pas. Je ne peux pas !

– Dans ce cas-là, poursuivit la voix, tu ne nous laisses aucune chance. Nous sommes perdus, nous, tes amis, toi…

P101 se réveilla brutalement et s'assit, transpirant, sur son lit. Aveuglé par la lumière vive de la pièce, il se frotta machinalement les yeux et reprit difficilement son souffle. Depuis la commémoration, deux jours plus tôt, et les soi-disant incidents techniques, le lieu de dressage restait constamment allumé. Terminé l'éclairage tamisé !

Un mauvais rêve, pensa-t-il, simplement un mauvais rêve. Il ne parvenait pas à se rappeler du contenu de ce cauchemar : qui était la personne s'adressant à lui ? Que lui voulait-elle ? Comment le rêve avait-il démarré ? Il n'en avait plus aucune idée. Il mit quelques minutes à se détendre, régulant sa respiration en observant un bout de la tour pyramidale par la petite lucarne de sa chambre, puis il alla rapidement se rafraîchir le visage au lavabo et retourna se coucher. La nuit était fraîche. Il se blottit sous les couvertures et ne tarda pas à se rendormir.

– Neptune, tu m'entends ? Neptune…

P101 ne savait pas depuis combien de temps il s'était rendormi, mais il entendait à nouveau la voix. Dormait-il vraiment ? La voix, féminine et douce, paraissait si réelle...

– Neptune, accepte de m'écouter, accepte de rentrer dans ce rêve.

P101 se retrouva une nouvelle fois dans le couloir rectiligne, long et délabré déjà parcouru quelques jours plus tôt. Il se mit à marcher lentement, évitant de se tordre les chevilles sur le bitume accidenté. Sur sa droite, il ne tarda pas à remarquer une porte. Elle était composée d'un verre opaque ne laissant rien percer de son envers et portait le numéro huit. Il l'ouvrit avec difficulté, provoquant un grincement strident, et se retrouva face à un escalier trop pentu et exigu pour être avalé au pas de course. Il était faiblement éclairé par une ampoule qui semblait hésiter entre lumière et obscurité, ne cessant de clignoter de manière désordonnée. P101 débuta l'ascension. Après quelques minutes d'effort, il souleva une trappe et sa tête émergea enfin dans une petite pièce sombre. Assis autour d'une table, des enfants y tenaient une discussion animée. Celle-ci s'arrêta brutalement ! Toutes les têtes se tournèrent vers P101 dans un silence intimidant. Très grand pour son âge, ce dernier dut se pencher légèrement pour s'approcher du petit groupe sans se cogner au bas plafond de la pièce.

– Assieds-toi, P101, dit l'un d'entre eux, ne sois pas effrayé !

P101 le reconnut immédiatement. Il s'agissait de P77, un enfant qu'il croisait régulièrement. Un de ceux dont il avait surpris la discussion quelques jours plus tôt durant la commémoration. Il obéit sans trop se poser de questions. Intrigué, il regarda autour de lui. Certains visages lui étaient familiers, d'autres en revanche restaient de parfaits inconnus. L'un des enfants, assis en bout de table et que P101 ne voyait que de dos, prit la parole :

– Nous sommes ravis de t'accueillir, Neptune, dit-il en se retournant.

P101 sentit un frisson lui parcourir l'échine. L'enfant en question n'avait pas de visage ! Du moins en avait-il un, mais ce visage était brumeux, sans traits définis ni fixés. P101 avait l'impression qu'il ne cessait de fondre et de se durcir, dans un mouvement ondulatoire sans fin. Il tenta de dissimuler sa stupeur et continua d'écouter l'étrange personnage.

– Nous souhaitions te rencontrer depuis plusieurs semaines, mais il nous fallait attendre la fin des interrogatoires pour t'inviter à notre table. Je te présente la Confrérie des Songes. Voici Saturne qui t'a à plusieurs reprises parlé dans ton sommeil. Voici également Uranus, Mercure et Mars. Neptune, nous souhaitons que tu intègres notre groupe, que tu en deviennes même un membre important.

P101 avait des difficultés à ne pas se focaliser sur l'apparence de son interlocuteur. Il se sentait d'autant plus stupéfait qu'il ne comprenait vraiment pas où il se trouvait et avec qui il discutait. La situation lui paraissait surréaliste !

– Et vous, qui êtes-vous ? finit-il par demander après quelques secondes de flottement.

Les enfants assis autour de la table sourirent.

– Je me nomme Copernic et suis le fondateur de cette Confrérie ! Nous profitons de nos rêves pour nous retrouver et discuter du Régime, du *Phare*. Nous souhaitons comprendre qui est réellement ce personnage, quelle est son histoire, et quelle est la nôtre.

Ce que P101 souhaitait comprendre, lui, concernait moins le *Phare* que la Confrérie elle-même.

– Nous sommes dans un seul et même rêve, c'est ça ? demanda-t-il, groggy.

– Oui, poursuivit Copernic. En empruntant le couloir et l'escalier que tu viens de découvrir, nous pénétrons dans cette pièce. Elle nous permet de mettre en commun nos rêves. Nous avons tous le don de communiquer pendant notre sommeil depuis les trois jours de Mathusalem. Certains en profitent, d'autres non. Nul ne sait si la maladie ou le traitement est à l'origine de ces capacités, mais ces dernières sont bien réelles.

– Pourquoi m'appelez-vous Neptune ? Mon matricule est P101.

– Oui, ça, nous le savons, reprit Copernic toujours aussi calme. Nous t'appelons Neptune, car nous refusons d'être de simples numéros. Dans la Confrérie, chacun d'entre nous porte un nom de planète de notre système solaire. Neptune sera ton nom si tu acceptes de nous rejoindre.

P101, méfiant, resta silencieux.

– Nous avons de bonnes raisons de penser, poursuit Copernic, que le *Phare* n'est plus aussi attentif au bien-être des enfants qu'il a pu l'être dans le passé. Nous trouvons que le Régime se durcit, qu'il ne laisse place à rien d'autre qu'au travail, à la discipline et la surveillance. L'Aurore n'est pas ce qu'elle devrait être. Nous avons ainsi décidé d'enquêter, de mieux comprendre le fonctionnement de notre monde, de mieux en cerner les limites. Et nous avons absolument besoin de toi, Neptune. Tu es central dans notre futur et principal projet, le projet *Pandore.*

Les enfants de la Confrérie échangèrent des regards incrédules. C'était la première fois qu'ils entendaient parler d'un tel projet.

P101, lui, était totalement perdu : des rêves communs... une Confrérie révolutionnaire... un projet dont il serait une des pierres angulaires... Copernic, comprenant son profond trouble, enchaîna rapidement :

– Le *Phare* nous maintient dans la crainte et l'ignorance. Depuis dix ans, rien n'a changé ! Il dirige d'une main de fer une population d'enfants en imposant des règles et un travail éreintant. Nous avons besoin de toi pour modifier le cours de l'histoire.

La vie de P101 n'avait rien de réjouissant. Il le savait et, lui aussi, ne comprenait pas les mesures autoritaires et les restrictions du Régime. Mais il avait toujours vécu avec. Elles étaient devenues naturelles. Il ne voyait pas pourquoi les contester. Il ne s'imaginait pas ailleurs et autrement.

– Pourquoi vous attaquer ainsi au *Phare* ? Il est celui qui nous a sauvés et qui continue, au quotidien, de tout faire pour nous préserver des chimères, de l'Éphémère... Peut-être regrette-t-il lui-même que l'Aurore n'évolue pas plus rapidement...

– Nous pouvons t'apporter des preuves ! Saturne venait d'interrompre Neptune brusquement. L'un d'entre nous a réussi à s'aventurer dans la zone hors Aurore.

– Elle a raison, assura Copernic. Jupiter n'y a vu qu'un paysage arboré, plaisant, habité par des animaux dont rien n'indique qu'ils soient agressifs et dangereux. Il s'est baladé une demi-journée alors que son équipe s'affairait à la récolte près de la frontière hors zone. Il n'a rencontré aucune des chimères maléfiques décrites par le Régime. Nos premières informations nous montrent que l'Aurore est basée sur beaucoup de mensonges. Il nous faut en savoir davantage.

– Admettons que je vous croie et que, moi aussi, j'aie envie d'en apprendre plus sur le *Phare* et sur le Régime, commença P101, quasiment en chuchotant. En quoi pourrais-je être utile à la Confrérie ? demanda-t-il en haussant le ton. Je ne suis pas particulièrement courageux, ni intelligent. P102, par exemple, est beaucoup plus intrépide et malin que moi !

– Détrompe-toi, Neptune, tu possèdes des qualités rares, assura Copernic. Tu es, bien malgré toi, unique dans ton genre. Bientôt, je t'expliquerai pourquoi.

La faible lumière de la pièce s'éteignit brutalement, laissant les enfants sans voix. Elle se ralluma quelques secondes plus tard et se mit même à scintiller plus fort.

– Il nous faut arrêter pour cette nuit, annonça Copernic impassiblement. La pièce devient trop instable. Des gardiens surveillent peut-être le rêve de l'un d'entre nous. Nous reprendrons la réunion demain. Réfléchis, Neptune. Et rappelez-vous tous : *L'Aurore d'aujourd'hui ne peut être le soleil de demain*, prononça-t-il solennellement avant de disparaître.

P101 se réveilla en sursaut pour la seconde fois de la nuit ! Déboussolé par ce rêve, il resta assis, amorphe, pendant quelques minutes. Un rapide regard vers la fenêtre et les ronflements de P102 lui permirent de comprendre que le jour n'était pas près de se lever.

Il aurait bien aimé informer immédiatement son camarade du rêve qu'il venait de faire et de l'existence de la Confrérie des Songes, mais il préféra attendre son réveil et plaça seulement quelques mots durant la rapide toilette du matin, avant que les deux amis ne quittent leur chambre.

P102 se montra dubitatif :

– Cela reste un rêve, suspecta-t-il.

6 - LE PROJET PANDORE

P101 n'avait qu'une hâte, que la journée se termine pour qu'il puisse enfin s'endormir et rejoindre la Confrérie. Cela faisait trois nuits maintenant qu'il n'avait plus eu de nouvelles et le temps commençait à lui paraître long. Peut-être n'était-ce réellement qu'un simple rêve, qu'il ne les reverrait plus jamais, que la Confrérie n'existait pas ? Chaque nuit, il s'empressait de s'endormir. Chaque matin, il refusait de se réveiller, déçu de ne pas avoir vécu le bon rêve.

Au quatrième soir, P101 finit par sombrer dans les méandres du sommeil sans trop d'espoir. Lorsqu'il ouvrit les yeux pourtant, il ne put s'empêcher d'esquisser un sourire de soulagement. Il se trouvait dans le couloir des rêves et allait enfin retrouver la Confrérie !

Lorsqu'il vit Neptune arriver, Copernic, assis à l'autre bout de la table, se redressa. Visiblement, il était attendu. Le ton de sa voix, déjà sérieux habituellement, semblait témoigner d'une pensée grave. Sa posture ne manqua pas d'impressionner l'ensemble des enfants présents...

– Il nous faut nous méfier, commença-t-il. Uranus vient de se faire enlever. Depuis la disparition de Jupiter, c'est le troisième membre de la Confrérie dont nous devons déplorer la capture par le Régime.

– Mais comment font-ils pour nous retrouver ? demanda Mars.

– Je ne suis sûr de rien, avoua Copernic. Mais j'imagine que les gardiens nous interrogent pendant notre sommeil pour nous soutirer quelques informations. Alors, sans doute involontairement, nous les introduisons dans nos rêves. Lorsque nous les y rencontrons, il est déjà trop tard. Des informations ont été révélées et l'un de nous a été capturé.

Il fit une pause de quelques secondes. La Confrérie semblait sonnée.

– Dès lors, il nous faut agir vite, reprit-il. Le projet à piloter est de grande ampleur. Nous devons le mener à bien avant que chacun de nous ne soit retrouvé et emprisonné par les gardiens. Si certains veulent quitter le navire, c'est maintenant !

Tous les regards se tournèrent vers Neptune.

– Quoi ? Pourquoi me regardez-vous ? Je ne compte pas partir ! lança-t-il un peu vexé.

Il savait bien que la bravoure n'était pas sa principale vertu. Mais il n'était pas si trouillard pour autant.

– Bien, bien… se réjouit Copernic. Dans ce cas-là, nous lançons le projet Pandore.

– Le projet Pandore ? répéta Mercure.

– Pandore est un personnage central de la mythologie grecque, expliqua-t-il pompeusement. La boîte de Pandore contenait beaucoup de dangers, mais elle recélait aussi l'espérance d'un monde nouveau. C'est cet espoir, malgré les dangers qui le recouvrent, qu'il nous faut trouver au fond de la boîte.

Tous les enfants l'écoutaient, admiratifs. Il était rare, sous l'ère de l'Aurore, qu'un d'entre eux ait accumulé une telle culture. Copernic était décidément bien différent.

– Comment faire ? questionna-t-il à voix haute, pourtant conscient d'être le seul à posséder la réponse. Il nous faut trouver une faille dans le Régime. Trouver les preuves selon lesquelles le *Phare* est bien cet individu peu scrupuleux que nous soupçonnons.

– Oui, nous sommes tous d'accord là-dessus, renchérit Mars. Mais comment ? Quelles preuves ?

– Il nous faut revenir à la source de l'Aurore, trouver des informations sur notre histoire. Nous devons interroger ceux qui sont là depuis le début, ceux qui pourront nous instruire.

– Le projet Pandore, c'est en quelque sorte une leçon d'histoire de l'Aurore, c'est bien ça ? Copernic et la Doyenne ne sont en fait qu'une seule et même personne ! plaisanta, cynique, Mercure.

– Non, il nous faut reconstruire l'histoire véritable, pas celle que nous enseigne la Doyenne. C'est en renouant avec notre passé que nous pourrons comprendre notre présent et construire notre futur.

Les enfants regardaient Copernic, les yeux écarquillés. Le raisonnement paraissait d'une logique imparable.

– Il nous faut, expliqua-t-il tout en préservant son effet, partir à la recherche des trois sages !

L'assemblée resta silencieuse pendant quelques secondes.

– Mais… finit par contester Mercure, on ne connaît pas leur identité ! Seuls les films de la commémoration indiquent leur présence. Nous ne sommes même pas sûrs qu'ils existent !

– Si, ils existent, assura Copernic, j'en ai la certitude ! Je connais même, pour le moment, l'identité de deux d'entre eux.

– Comment peux-tu les connaître ? osa timidement Neptune, toujours aussi intrigué par le savoir encyclopédique de Copernic.

– C'est une ancienne Intendante du lieu de dressage ouest qui m'a révélé cette information alors que je passais quelques jours en quarantaine pour une grave infection, au début de l'ère de l'Aurore. Cette dame, disparue depuis, s'était prise d'affection pour moi. Ces informations, désormais, je les possède.

– Nous n'avons pas résolu un des principaux obstacles à ton projet, objecta une nouvelle fois Mercure. Ces sages, même si nous les rencontrons, ne nous parleront jamais. Pourquoi se livreraient-ils à des enfants ?

Mercure était la plus méfiante et critique de la Confrérie. Dotée, pour son âge, d'un physique robuste et d'un visage autoritaire, elle imposait immédiatement le respect.

– C'est exact. Pourquoi se confieraient-ils à nous ? acquiesça Copernic. C'est ici que se situe la principale difficulté. Et c'est ici qu'intervient Neptune.

– Moi ? Mais… pourquoi ?

– Parce que, à toi, ils répondront, assura Copernic triomphant. Bien sûr, ils ne te connaissent pas personnellement. Ils ne sont jamais venus visiter les lieux de dressage. En revanche, j'ai retrouvé ceci.

Et, associant le geste à la parole, Copernic sortit d'une poche de sa veste un bout de papier que le temps avait jauni.

– Il s'agit d'une photo du neveu du *Phare*, mort voici dix ans, durant les trois jours de Mathusalem. Un neveu dont le *Phare* était très proche et un neveu que les trois sages, des amis anciens de la famille, ont déjà forcément rencontré, ajouta-t-il, fier de sa trouvaille.

Il fit passer la photo à Mercure. Assis de l'autre côté de la table, Neptune trépignait d'impatience. Il voyait, à chaque passage, la stupéfaction se dessiner sur le visage des enfants présents. Enfin, elle lui parvint. Il commençait à se douter de ce qu'il s'apprêtait à voir, mais il était encore loin du compte. La réalité dépassait la fiction ! Le neveu du *Phare* et lui étaient de parfaits sosies !

– Une telle ressemblance... articula difficilement Neptune, c'est incroyable ! On croirait voir une seule et même personne.

Toutes les pièces du puzzle venaient brutalement, dans son esprit, de s'ajuster les unes aux autres. Voilà pourquoi il était indispensable au projet Pandore. Ce n'était ni pour son courage, ni pour son intelligence… seulement pour son physique. C'est lui qui, se faisant passer pour le neveu du *Phare*, devrait plonger dans les rêves des trois sages pour y dénicher des informations sur le Régime. Ils ne seraient pas surpris de le rencontrer dans leurs rêves puisqu'ils l'avaient connu dix ans auparavant.

Autour de la table, rien ne bougeait. Copernic reprit la parole :

– Tu comprends, maintenant, pourquoi tu es si singulier. Avec ton aide, ce projet devient autre chose qu'un simple fantasme.

– Si, et seulement si, nous parvenons à nous immiscer dans les rêves des trois sages, rappela Mars.

– Ce n'est pas le plus compliqué ! Nous passerons par le couloir des rêves pour y accéder. Ne vous inquiétez pas pour ça, je débloquerai systématiquement les portes qui conduisent aux sages. Ne restera plus qu'à les ouvrir, se fondre dans leurs rêves et les interroger pour recueillir des informations.

À ce moment-là, Neptune était loin de partager l'enthousiasme de Copernic.

7 - LA CONFRÉRIE EN DANGER

Le lendemain, P101 et P102 terminaient tardivement leurs corvées de nettoyage. En rentrant des sanitaires vers le bâtiment dortoir, ils firent une halte au petit local extérieur pour y déposer les outils d'entretien. Un épais brouillard commençait à envahir la zone de l'Aurore et conférait au lieu une apparence uniforme très pâle et opaque. Sa progression était rapide.

– On ne voit plus rien ! s'étonna P102. Il scruta autour de lui… 1 ? Où es-tu ? 1 ? Elle est nulle, ta blague ! 1 ?

Des cris étouffés déchirèrent péniblement le silence épais. Au même moment, P102 fut violemment saisi par le bras et tiré précipitamment derrière une immense jarre à proximité du local. P101 regardait son ami tout en appliquant un de ses index sur la bouche.

– Non !? chuchota, interrogatif, P102. Encore un emprisonnement, tu crois ?

– J'en ai bien peur, souffla P101, très inquiet.

Trois gardiens commençaient en effet à émerger du brouillard et marchaient lentement à moins de deux mètres d'eux. Ils transportaient un corps inerte.

– Saturne ! grommela P101 entre ses dents serrées.

Quelques heures plus tôt dans la journée, Saturne ou plutôt N62, faisait une sieste dans sa chambre. C'était son moment de repos. Elle y avait droit, comme tous les enfants, une fois par semaine. Son rêve était agréable. Elle marchait dans un parc avec ses parents sous un soleil éclatant. Le papa avait préparé un pique-nique. Ils s'installèrent près d'un grand arbre qui assurait une large zone ombragée. Alors même qu'ils commençaient à déjeuner, le ciel s'obscurcit soudainement.

Les parents de N62, radieux quelques secondes plus tôt, commencèrent à se transformer en chimères et se mirent à pousser des cris rappelant ceux d'une hyène hystérique.

– Elles te prennent désormais pour de la nourriture.

Copernic venait de s'interposer et faisait face aux deux chimères. Cette apparition inopinée provoqua un tel mouvement de panique qu'elles s'enfuirent tout en poussant leurs odieux hurlements.

– Le contexte est étrange, dit-il en la fixant gravement. Tu devrais te méfier, Saturne.

– Où sont les autres membres de la Confrérie ? Pourquoi es-tu seul dans mon rêve ? lui demanda-t-elle.

– Je n'en sais rien. Je ne comprends pas ce qui se passe, mais j'ai l'impression qu'il s'agit d'un piège. Reste sur tes gardes. On essaie peut-être de te faire parler de moi pendant ton sommeil, lui révéla-t-il en s'éloignant.

Alors qu'elle regardait Copernic disparaître derrière quelques arbres, elle remarqua un garçon de son âge situé à proximité. Elle le reconnut immédiatement et, sidérée de le voir là, s'approcha de lui très rapidement.

– Neptune, où étais-tu ? Nous te cherchions partout ! Il a fallu te remplacer.

Le jeune garçon restait immobile et silencieux, le regard inexpressif.

– Neptune, insista-t-elle, où étais-tu ? Que t'est-il arrivé ?

Il se mit à remuer les lèvres. Ses propos, d'abord indistincts, devinrent légèrement perceptibles :

– Délivre-moi. Délivre-moi, gémit-il.

Elle repensa à la recommandation de Copernic. La scène était trop abominable pour ne pas être un traquenard du Régime. Elle fixa intensément les environs mais ne vit aucun gardien. Rien ne bougeait. Puis elle entendit un bruit confus, une agitation sonore dont elle ne pouvait déterminer l'origine.

Les bruits se répétèrent, plus distincts. Ils semblaient témoigner d'une course effrénée. Elle ne tarda pas à les voir. Trois gardiens venaient d'apparaître à la lisière du parc. Au pas de course, ils se dirigeaient vers elle ! Sa réaction fut trop tardive et, à peine avait-elle fait demi-tour, que l'un d'eux parvenait déjà à la rattraper et la saisissait violemment par le bras. N62 sursauta dans son lit. Elle ouvrit les yeux et comprit combien la situation était compromise. Les gardiens avaient profité de sa sieste pour s'infiltrer dans ses pensées. Ils étaient désormais bien présents et menaçants.

– Mais, intervint-elle, courageuse, pourquoi êtes-vous là ?

– Nous avons nos sources et elles sont fiables, expliqua, après quelques secondes de silence, une voix derrière elle. Tu viens de nous parler dans ton sommeil de Copernic et de Neptune. Il va falloir nous en dire davantage !

Elle se retourna. Le *Phare* était là, debout et soutenu par sa canne.

– Emprisonnez-la ! glissa-t-il, satisfait.

P101 et P102 ignoraient les derniers événements. Mais la scène à laquelle ils venaient d'assister attestait une situation tragique. Quelques heures plus tard, Neptune comprit que ses inquiétudes étaient partagées par le reste de la Confrérie. Il venait de rejoindre ses camarades. Copernic fit un rapide état des lieux :

– La table parle d'elle-même, commença-t-il. Nous ne sommes plus que quatre. Les emprisonnements se multiplient. Les gardiens procèdent toujours de la même façon. Cette fois, j'en suis sûr. Ils nous interrogent pendant notre sommeil.

– Mais comment est-ce possible ? s'emporta Mars. Comment font-ils pour connaître nos identités ?

– Ça, je n'en sais rien, répondit, songeur, Copernic. J'ai bien une hypothèse, mais je ne peux pas encore vous la soumettre car je n'ai pas de preuves.

– Tu dois nous informer ! contesta Mercure.

La voix de Copernic trahissait une certaine tristesse. Il semblait abattu.

– Je pense qu'il y a un traître parmi nous. Est-il encore là ? Fait-il partie des enfants emprisonnés depuis quelques jours ? Ça, je n'en sais rien. Mais il y a probablement bien eu traîtrise.

– Il pourrait s'agir de toi, Neptune, accusa Mars en se tournant vers lui. Les arrestations ont commencé alors même que tu venais de nous rejoindre.

– Moi ? répéta Neptune, défait… Jamais je n'aurais fait une telle chose ! Et si j'avais dû dénoncer l'un de nous, lança-t-il sur un ton de défi, j'aurais commencé par toi !

– Pas la peine de s'énerver. Il faut juste avouer que la coïncidence est troublante, ajouta Mercure, suspicieuse.

– Bien sûr que non, ce n'est pas moi ! Et je vous rappelle que les enlèvements avaient commencé avant mon arrivée.

– Oui, c'est vrai… Jupiter et le premier Neptune manquaient déjà à l'appel, convint Mercure.

– Votre mémoire est comme la brosse à dents de l'Intendante… elle ne sert à rien, plaisanta Neptune, soudain plus détendu.

– Je ne te crois pas coupable ! assura Copernic. J'ai une autre hypothèse. Mais je vous en ferai part plus tard. Pour le moment, il faut avant tout nous concentrer sur notre projet. Nous ne sommes plus que quatre. Notre capacité d'action est aujourd'hui limitée, mais elle le sera peut-être plus encore demain. Plus que jamais, nous devons agir rapidement, avant que la Confrérie soit entièrement muselée et anéantie par le Régime.

– Rapidement… Ce soir, tu veux dire ? questionna Neptune, tout d'un coup stressé.

– Oui, immédiatement. J'ai actionné la porte du Sage premier. Ne reste plus qu'à l'ouvrir. Rends-toi dans le couloir des rêves, poursuis ton chemin. Tu finiras par tomber dessus. Elle te conduira logiquement au cœur du rêve du Sage premier.

Neptune sentit son estomac se nouer. Le poids qui reposait sur ses épaules lui paraissait peser des tonnes.

– *L'Aurore d'aujourd'hui ne peut être le soleil de demain*, proclama Copernic avant que Neptune ne disparaisse, nauséeux, sous la trappe de la petite pièce.

8 - DANS LA TOUR PYRAMIDALE

Il descendit l'escalier et se retrouva en quelques secondes dans le couloir des rêves. Il continua son chemin une dizaine de minutes, sans rien croiser qui ressemblât de près ou de loin à une porte. Enfin, sur sa gauche, il l'aperçut. Entièrement recouverte d'un grillage métallique serré, elle indiquait « Sage premier » à son sommet.

Neptune l'ouvrit et reconnut immédiatement le panorama. Il venait d'utiliser la porte nord de son lieu de dressage. Elle permettait d'accéder directement à la tour pyramidale en traversant un couloir extérieur et l'un des petits ponts de la zone. Sous cet angle, elle paraissait plus immense encore. Il la contempla durant toute la durée de son trajet. Parvenu au pied de la tour, Neptune s'arrêta brusquement. Deux gardes se tenaient là, devant la porte centrale. Ils contrôlaient l'entrée et assuraient la surveillance du site.

Alors qu'il s'apprêtait à faire le tour du bâtiment à la recherche d'une porte dérobée, il se ravisa. Après tout, il était le neveu du *Phare*, dans le rêve d'une personne censée le connaître ! Prenant son courage à deux mains, il inspira profondément et se dirigea vers la porte centrale d'un pas arrondi et nonchalant, symbole à ses yeux de sa confiance et de son détachement. La démarche était à tel point forcée qu'il faillit perdre plusieurs fois l'équilibre.

– Bonjour, dit-il le plus naturellement possible aux gardes. Je viens voir mon oncle.

Ces derniers se contentèrent d'ouvrir mécaniquement la porte sans un mot. Neptune s'y engouffra.

– Attendez !

Il se figea, glacé par cette intervention.

– Oui ? demanda-t-il anxieusement, sans même se retourner.

– S'il n'est pas dans ses quartiers, vous le trouverez à l'étage médical, expliqua le garde.

– D'accord, merci pour l'information, réagit Neptune en essayant d'avoir l'air le plus détendu possible.

Il attendit d'avoir pénétré dans la tour pour se liquéfier ! Hors de portée du regard des gardes, il s'appuya contre l'un des majestueux piliers du hall d'entrée et prit quelques secondes pour se remettre de ses émotions et reprendre ses esprits.

Il regarda autour de lui. Personne. L'immense rez-de-chaussée de la tour était désert. Il n'y avait aucun réceptionniste derrière le grand comptoir d'accueil, aucun signe de vie derrière les deux bureaux installés de l'autre côté de la pièce et à proximité des ascenseurs. Plutôt que d'utiliser ces derniers, Neptune emprunta plutôt les escaliers, soucieux de visiter cette tour et d'en découvrir davantage sur le monde de l'Aurore. Premier étage, deuxième étage, troisième étage. Toutes les portes semblaient scellées.

– Ce n'est pas possible… la tour a dû être évacuée, pensa-t-il tout haut alors qu'il tentait d'ouvrir, en vain, une énième porte.

Il poursuivit son ascension par les escaliers, cette fois contraint et forcé après avoir constaté que les trois ascenseurs de la tour ne fonctionnaient plus.

– Enfin ! s'exclama-t-il, soulagé.

Jamais sans doute Neptune, d'habitude si réservé, n'avait-il été si heureux de croiser un adulte. Il venait de rattraper une dame très âgée. Composant avec une jambe gauche récalcitrante, elle grimpait avec la plus grande difficulté les marches sans fin de la tour.

– Pouvez-vous m'indiquer où se trouve le Sage premier ? lui demanda-t-il.

– Vous n'êtes pas encore rendu ! lui répondit-elle, amicale. Il est situé, tout comme le *Phare*, en haut de la tour, à l'étage cinquante-huit, je crois.

Neptune la dévisagea un moment.

– Il me semble vous reconnaître… vous n'étiez pas une ancienne Intendante du lieu de dressage ouest ? interrogea-t-il.

– C'est possible, mais ma mémoire...

Elle ne termina pas sa phrase et repartit laborieusement à l'assaut des marches de la sentinelle. Neptune la regarda grimper, interloqué.

– Quelle drôle de dame ! murmura-t-il.

Il était quasiment sûr que c'était bien l'Intendante à laquelle il pensait. Elle avait quitté son poste seulement une ou deux années plus tôt, mais elle semblait pourtant en avoir pris vingt de plus ! Il s'élança à son tour et la dépassa, décidé à engloutir les trente-six étages restants le plus rapidement possible. Sept étages plus haut, l'inscription sur une des portes retint son attention. Il s'arrêta net, pas mécontent de faire une pause. On pouvait lire : « SALLE DE CONTRÔLE » en lettres capitales.

Tiraillé entre l'envie de poursuivre sa mission et celle de prendre quelques secondes pour explorer cette pièce, Neptune imagina ce que ferait P102. Convaincu qu'il irait jeter un œil, il décida de regarder furtivement et entrouvrit la porte. Il entra dans une grande pièce très sombre où s'accumulaient une trentaine d'écrans poussiéreux. Ils étaient tous éteints et aucun ne semblait en état de fonctionner.

– Ce n'est pas possible. Même les chaises ont déserté ! constata-t-il, agacé. Y a quelqu'un ?

Aucune réponse ne lui parvint. Il poursuivit méticuleusement sa fouille à la recherche de portes permettant d'accéder à la véritable salle, celle où un grand nombre de gardiens s'affairaient forcément à surveiller l'ensemble des faits et gestes des enfants du Régime. En vain.

Il quitta les lieux, toujours plus intrigué par l'énigmatique ambiance qui régnait dans cette tour et continua à gravir les marches. Les questions se bousculaient dans son esprit. Il profita d'une seconde rencontre, à l'étage quarante-huit, pour poser l'une d'entre elles. Un monsieur cette fois, au moins aussi âgé que la dame croisée quelques étages plus bas, descendait les escaliers en se cramponnant à la rambarde.

– Excusez-moi, demanda Neptune, pouvez-vous m'indiquer où se trouve la salle de surveillance des deux zones de dressage ?

– La salle de surveillance ? reprit le vieillard sur le même ton. Il fixa Neptune d'un œil ahuri. Non, je ne me souviens pas. Mais tu sais, ma mémoire n'est plus ce qu'elle était… Qui êtes-vous déjà ?

Il n'attendit pas la réponse et reprit machinalement sa marche, comme s'il n'avait jamais croisé le jeune garçon.

– Finalement, je préfère parler aux enfants… elles ne doivent pas être simples, les discussions ici, marmonna Neptune, contrarié.

Il arriva bientôt au sommet de cette tour interminable, l'étage cinquante-huit, où se trouvaient trois portes fermées. La première d'entre elles indiquait « Bureau du Phare ». Au-dessus des deux autres, on pouvait simplement lire « Sage premier » et « Sage second ». Neptune frappa à la deuxième porte. Le « Oui » qui l'invita à ouvrir était peu sonore, mais il s'exécuta après une longue inspiration.

Le Sage, enrobé et doté d'une longue barbe ainsi que d'une épaisse chevelure désordonnée, se trouvait assis, derrière son bureau, en train d'écrire. Sa tenue paraissait négligée et poussiéreuse. Il leva la tête et écarquilla ses yeux en fixant Neptune s'approchant de lui.

– Comment... bafouilla-t-il. Je ne t'avais pas vu depuis des années ! Que fais-tu ici ? demanda-t-il en affichant soudain un immense sourire.

Il se leva.

– Je me suis un peu perdu dans la tour, dit piteusement Neptune. Il tenta de se ressaisir. J'avais envie de vous revoir et de comprendre ce que notre monde est devenu, ajouta-t-il.

Le Sage premier l'agrippa par les épaules. Il semblait avenant.

– Je suis content de te revoir, mais tu peux malheureusement repartir. Tu serais déçu !

– Déçu de quoi ? Je n'ai pas l'intention de vous juger ! assura-t-il.

– Nous mériterions pourtant de l'être. L'Aurore ne répond pas aux ambitions qui étaient les nôtres initialement, souffla le Sage premier en retournant s'asseoir. Mais, de peur de dire des bêtises, je préfère me taire. Parle à ton oncle si tu souhaites obtenir davantage d'informations. Tu le trouveras dans le bureau d'à côté.

– Tu ne peux pas m'en dire plus ? insista Neptune.

Le Sage s'était remis à écrire.

– Tu ne peux pas m'en dire plus ? répéta-t-il.

Le Sage resta plongé dans son travail. Au bout de quelques secondes, il se contenta d'ajouter, sans même lever les yeux :

– Pars...

Attristé de ne pas avoir recueilli davantage d'informations, Neptune quitta la pièce et dévala les escaliers, pressé de faire part de sa déception aux membres de la Confrérie. Il avait l'impression, tenace et désagréable, d'avoir échoué.

Alors qu'il quittait la tour, un événement contraria ses plans. Parvenu au rez-de-chaussée, le sol se mit à trembler violemment. Il entendit les deux gardiens situés à l'extérieur de la sentinelle pousser des cris d'avertissement.

– Sortez ! Sortez vite !

Ils faisaient des gestes frénétiques en direction des fenêtres. Quelques secondes plus tard, ils entamaient un sprint les éloignant de la tour. Pris à son tour de panique, Neptune sortit en toute hâte et se mit également à courir. Le tremblement avait augmenté et le bruit sourd venant des profondeurs de l'Aurore n'augurait rien de bon. Un premier bloc de pierre vint chuter à quelques mètres de lui. Il ne prit pas le temps de se retourner. Affolé par ce qui lui parut être une pluie de béton, il se mit à courir, les yeux fermés, aussi rapidement qu'il le pouvait.

– La tour s'effondre ! hurla un gardien peu doué en athlétisme et encombré par sa tunique, que Neptune venait de rattraper puis de dépasser avec une facilité déconcertante. Un deuxième bloc, plus massif que le premier, tomba juste derrière eux. Au même moment, il se sentit projeté vers l'avant par le souffle violent d'une épaisse fumée sur le point de le recouvrir totalement.

P101 ouvrit les yeux brusquement, encore haletant. Il aperçut par la lucarne de sa chambre les lumières de la tour, toujours là, et s'assit sur son lit pour reprendre son souffle. Regardant autour de lui, il fut soulagé de ne pas y trouver de gardiens. Il se souviendrait longtemps de ce rêve et de ce sprint final au cours duquel il ridiculisa l'un d'entre eux.

– P102 ne me croira jamais.

Malheureusement, il n'avait rien appris sur le Régime. Le plan de Copernic ne se passait comme prévu.

9 - LA TRAHISON DE NEPTUNE

Deux jours plus tard, se tenait au sommet de la tour pyramidale un Conseil des sages, dans un immense et fastueux bureau très lumineux. Ce conseil regroupait trois individus seulement : le *Phare* lui-même et deux des trois sages. Les dirigeants du Régime semblaient tous très âgés. Cette apparente vieillesse était leur seul point commun physique. À l'immensité courbée du *Phare* s'opposait la raideur tassée des deux sages. Aux rondeurs et à la pilosité du Sage premier s'opposaient le décharnement et la calvitie du second.

– Je ne pense pas que cela relève du Conseil, mais je préfère, au cas où, vous tenir informé. J'ai fait un étrange rêve mardi dernier.

– Cela ne nous intéresse pas vraiment en effet, admit, un peu agacé, le Sage second.

Sans tenir compte de cette remarque désobligeante, le Sage premier poursuivit :

– J'étais tranquillement installé derrière mon bureau, en plein travail, quand votre neveu est entré dans la pièce.

– Mon neveu ?! répéta le *Phare* en écarquillant les yeux. Mais il est mort voici près de dix ans ! rétorqua-t-il.

– Oui, ça, je suis au courant. Et je ne me souviens pas avoir rêvé de lui depuis tout ce temps. Mais la nuit dernière, il était bien présent.

– Et que faisait-il ? demanda lentement le *Phare.*

Il semblait inspecter l'horizon avec un rictus ridé témoignant d'une inquiétude palpable.

– Rien de particulier. Il est entré dans mon bureau et m'a demandé comment se passait la reconstruction, à quoi ressemblait l'ère de l'Aurore.

– Rien de plus ? coupa le Sage second.

– Non, rien de plus. Je lui ai conseillé de questionner directement son oncle, expliqua-t-il, omettant volontairement de mentionner ses propos critiques à l'encontre du Régime. Il n'a rien ajouté et il est parti.

– Étonnant, ce rêve… Étonnant que son passage ait été aussi furtif, qu'il ait simplement posé deux ou trois petites questions. Étonnant qu'il réapparaisse justement maintenant dans vos rêves.

Le *Phare* semblait perdu dans ses pensées et ne cessait de triturer machinalement le pommeau de sa canne.

– On ne sait jamais, ajouta-t-il après quelques secondes de réflexion. Allez le chercher ! ordonna-t-il.

Les deux sages échangèrent un regard. Le second se leva et sortit rapidement de la salle sans mot dire. Il revint quelques minutes plus tard, accompagné d'un enfant qui semblait porter toute la tristesse du monde sur ses frêles épaules.

– Installe-toi, P12, exigea le *Phare* en lui désignant une chaise. J'ai une question à te poser : est-il possible que tes amis s'introduisent dans nos rêves pour y dénicher des informations sur l'Aurore, le Régime ou moi ?

P12 leva les yeux, surpris.

– Non, pas que je sache, assura-t-il en fixant le *Phare.* Copernic ne m'a jamais parlé de ça. Nos objectifs étaient davantage orientés vers des sabotages, comme par exemple celui qui a eu lieu le jour de Commémoration du Régime.

– Es-tu sûr de toi ? Ne me mens pas !

Le visage du *Phare* paraissait plus menaçant que jamais.

– Je suis sûr de ce que j'ai vu et entendu, assura P12 en baissant la tête et fixant le sol. Depuis, les choses ont pu changer…

Le *Phare* le dévisagea, sceptique.

Son expression s'adoucit alors brusquement et il esquissa même un léger sourire. Il se leva laborieusement et alla ouvrir un tiroir d'où il tira un document.

– Est-ce que, parmi tes amis de la Confrérie, l'un d'entre eux ressemble à cet enfant ? demanda-t-il, pris d'une excitation soudaine.

P12 saisit le portrait et regarda attentivement l'enfant.

– Non, dit-il impassible, je ne vois aucun enfant du groupe ressemblant à celui-ci. D'après moi, vous faites fausse route. Pourquoi introduire ces rêves serait-il utile à la Confrérie ?

P12 avait un léger doute, mais il préférait le garder pour lui. Peut-être laisserait-il ainsi une chance à ses anciens compagnons.

À nouveau déçu et pensif, le *Phare* ne répondit pas immédiatement.

– Désormais, cela ne te regarde plus… Ramenez-le !

Le Sage second resté debout à ses côtés repartit avec P12. Il fut reconduit dans une pièce exiguë et sombre de la partie nord de la tour où il croupissait depuis son dernier entretien. Pris de panique en écoutant les propos menaçants du *Phare*, il avait fini par craquer et trahir ses amis. Il avait révélé tout ce qu'il savait sur la Confrérie, son fonctionnement, son ambition, ses membres, contribuant ainsi à l'identification et l'emprisonnement de bon nombre d'entre eux. Heureusement, il n'avait ni entendu parler du projet Pandore, ni même croisé le nouveau Neptune. Sa collaboration avec le Régime l'avait sauvé du bannissement ou d'un enfermement définitif dans les abominables cachots de la partie souterraine de la tour.

Le *Phare*, lui, restait perdu dans ses pensées, pas vraiment convaincu par les propos rassurants de son informateur.

– Qu'allez-vous faire ? lui demanda le Sage premier.

– J'ai mon plan, répondit-il après quelques secondes supplémentaires de réflexion. Son visage et sa voix révélaient une confiance retrouvée. Je vais demander à ce que les sirènes retentissent plus fréquemment encore. Il faut que les enfants aient peur. De moi et, surtout, des chimères. D'ici quelques jours, je diffuserai un message indiquant ma volonté de les protéger contre ce danger.

Il fixa le Sage second.

– Je vais également faire surveiller vos rêves. Un gardien vous posera régulièrement des questions durant les prochaines nuits. Si jamais il intervient au cours d'un rêve contaminé par la Confrérie, il posera des questions à travers vous à mon « neveu ». Avec un peu de chance, nous pourrons ainsi remonter jusqu'à Copernic.

Il sourit plus largement encore.

– J'ai une dernière idée, encore meilleure que les précédentes. Je vais communiquer ce portrait aux deux Intendantes des lieux de dressage est et ouest. Peut-être l'une d'elles parviendra-t-elle à identifier un enfant lui ressemblant et à nous conduire à lui ?…

10 - UNE LUEUR D'ESPOIR

– Nous voilà enfin réunis ! s'exclama un Copernic que l'on pouvait deviner souriant derrière son masque mouvant.

Neptune se retrouvait parmi ses amis de la Confrérie, du moins le peu qu'il en restait. Désormais, seuls Mars et Mercure l'accompagnaient. Il avait fallu attendre quatre nuits avant que Copernic ne prenne le risque de débloquer le rêve collectif. L'agitation ambiante l'avait convaincu de remettre à plus tard la suite de l'opération. Il lança la discussion :

– Il me semble que la première des choses à faire est de féliciter Neptune, quel que soit le résultat de sa mission. Tu es parvenu à t'introduire dans un rêve autre que le tien et cela demandait beaucoup de courage ! Raconte-nous maintenant ton expérience.

Neptune baissa honteusement les yeux, de peur de croiser ceux, pleins d'espoir, de ses camarades. Sa déception transparaissait.

– Je n'ai pas recueilli beaucoup d'informations, annonça-t-il, affichant immédiatement sa contrariété. Le Sage premier est un vieux monsieur bedonnant et négligé qui vit en haut de la tour pyramidale. Il a refusé de répondre à mes questions et m'a plutôt conseillé d'en parler à mon oncle, le *Phare*. J'ai bien insisté, mais il n'a rien voulu me dire.

– Rien ? insista Mercure.

– Non, reprit Neptune. Il m'a simplement assuré que je serais déçu.

Copernic ne disait mot. Les autres membres de la Confrérie semblaient abattus.

– Ne soyons pas si résignés. Sois plus précis, Neptune ! demanda Copernic. Raconte-nous ton rêve et ta visite de la tour pyramidale en détail. Peut-être certains éléments retiendront-ils notre attention ?

Neptune fixa Copernic, comme s'il venait d'avoir une révélation.

– Bien sûr ! s'exclama-t-il. La tour elle-même ! Il est là le vrai enseignement de ce rêve ! annonça-t-il fièrement.

– Qu'est-ce qu'elle a, la tour ? interrogea Mercure.

– L'intérieur de la sentinelle n'est pas du tout à l'image de sa façade, continua-t-il, satisfait de sa découverte. Je pense avoir fait la majorité des étages et l'impression qui domine est celle de vide, d'abandon. On ne voit rien, ni trace d'avancement technique, ni présence humaine. Rien ! Finalement, la tour paraît être une espèce de coquille vide et artificielle. Et il y a mieux, continua-t-il en remarquant les visages choqués de Mercure et Mars. Je me suis introduit dans la salle de surveillance de la tour et du Régime, là où sont positionnés tous les écrans de contrôle.

Neptune fit une pause, ménageant son effet afin d'en accentuer l'impact.

– Et... ? relança Copernic, visiblement pressé d'en savoir davantage.

– Et rien. Encore et toujours rien ! L'excitation avec laquelle il le martelait ne lui ressemblait pas. Rien. Des écrans éteints, cassés. Un équipement périmé, comme touché lui aussi par l'Éphémère.

– Je ne comprends pas.

Mercure n'était sans doute pas la seule mais c'est elle qui manifesta la première son étonnement.

– Ce qu'il faut comprendre, expliqua Copernic soudain lui aussi très agité, c'est que le Régime ne voit rien ! Les écrans ne fonctionnent plus.

– Oui, c'est aussi la conclusion à laquelle je suis arrivé, annonça Neptune avec une certaine fierté.

– Le système repose sur le fonctionnement de cet équipement, poursuivit Copernic. La présence matérielle des caméras dans les lieux de dressage impose des comportements et des pensées aux enfants. Elles sont là pour une bonne raison : maintenir l'illusion de la puissance du Régime. Les enfants croient qu'elles marchent et agissent comme si c'était réellement le cas…

– Mais on ne s'est jamais rendu compte de rien ! s'étonna Mars.

– Oui... enfin, tempéra Neptune, je ne suis pas vraiment sûr de moi. Mais cette salle est inoccupée et elle ne fonctionne pas. À première vue, nous ne sommes pas surveillés !

Copernic, qui avait repris son calme, déclara :

– Nous pouvons sans doute trouver des preuves supplémentaires de la supercherie. Il nous faut continuer les investigations. Ce Régime ne tient que par son verni, ses décors de carton-pâte, la tyrannie et le climat de peur qu'il fait régner. Le projet Pandore nous donnera les armes pour le contester et pour faire de l'Aurore un monde meilleur. Merci, Neptune, pour ces premiers éléments. Ils sont cruciaux et nous confortent dans notre ambition. *L'Aurore d'aujourd'hui ne peut être le soleil de demain,* rappela-t-il en disparaissant de la pièce.

Ce matin-là, alors qu'il se réveillait, Neptune posa un regard nouveau sur la tour pyramidale. Il était certes fier de lui, fier de ne pas avoir déçu Copernic et les derniers membres de la Confrérie, mais les informations recueillies bouleversaient le monde dans lequel il avait toujours vécu. L'Aurore, le *Phare*, n'étaient sans doute pas ce qu'il avait imaginé. Il ressentait une impression étrange. Ce qu'il pensait à leur sujet était en grande partie et peut-être même totalement faux, une simple croyance imposée par le Régime. Copernic avait raison.

– Tu as l'air songeur, lui chuchota P102, lèvres pincées, alors qu'il s'habillait.

– Un peu, oui, répondit P101 sans se soucier de dissimuler sa réponse. Tu sais, je crois que l'Aurore n'est pas ce qu'elle semble être. Peut-être sommes-nous dans l'erreur depuis près de dix ans.

P102 le regarda, effaré. Il détourna rapidement son regard vers la caméra et le reposa aussitôt sur son ami. C'était bien la première fois qu'il le voyait prendre aussi peu de précautions pour lui répondre et se montrer si téméraire.

11 - EMPRISONNÉ

Le jour même, P102 passait sa fin d'après-midi à travailler dans une équipe d'enfants où ne figurait pas P101. Ce dernier lui avait annoncé vouloir profiter de son temps de repos pour fouiller dans la petite salle d'instruction de la zone ouest à la recherche de quelques livres d'histoire intéressants. Son ami était sérieux mais jamais il ne l'avait vu ainsi manifester l'envie de travailler sans que la Doyenne ne l'y force !

P102 s'affairait à nettoyer les vitres dans les locaux de l'intendance. Il se trouvait, à ce moment-là, seul, dans une petite pièce lumineuse équipée d'un micro et d'un instrument audio. C'est de là que l'Intendante diffusait les consignes aux enfants.

Alors qu'il frottait avec insistance une de ces vitres, soucieux de la rendre la plus propre possible, il pensait aux histoires de P101 et se demandait quel statut accorder à ces rêves.

– …des songes. Je ne crois pas.

Sa pensée venait d'être interrompue par des propos émanant du couloir. La porte ouverte lui avait permis d'entendre quelques fragments de discussion qui semblaient faire écho à ses pensées du moment.

– Si, je t'assure..., plus pour très longtemps !

Les gardiens, situés de l'autre côté du mur, ignoraient visiblement qu'un enfant se trouvait dans le bureau le plus proche et parlaient sans retenue ni discrétion, loin d'imaginer qu'ils étaient écoutés.

P102 jeta un regard rapide vers la seule caméra de la pièce et, décidé à entendre plus clairement les propos, se rapprocha doucement de la porte, mimant la recherche d'un produit ménager pour justifier son acte à l'œil du Régime. Cette recherche du produit, théâtrale mais silencieuse, lui permit de se positionner beaucoup plus près des gardiens.

– Un enfant très particulier... dit le premier d'entre eux.

– C'est incroyable. La Confrérie des Songes... Mais cette histoire sera bientôt réglée. Le *Phare* semblait furieux ! Ces pauvres enfants, s'ils savaient...

Le second gardien était désormais trop éloigné de P102 pour qu'il puisse l'entendre.

– S'ils savaient... marmonna P102 inquiet.

S'ils savaient quoi ? Et qui était cet enfant très particulier auquel faisaient référence les gardiens ? P101 ? Les paroles prononcées lui paraissaient lourdes de menaces. Sans doute son ami courait-il un grave danger.

Courageux, il décida de les suivre en profitant de sa mission du jour. Elle lui fournissait un alibi. Il suffisait de feindre le nettoyage des vitres situées à proximité des gardiens pour tromper les caméras. Il sortit ainsi discrètement du bureau, et se mit à arpenter les couloirs, restant à distance raisonnable, à la recherche d'une prochaine vitre à nettoyer. Les gardiens venaient de s'arrêter devant la porte principale menant au dortoir des filles. P102 s'arrêta également et pénétra furtivement dans une petite pièce située à proximité. Il fit mine d'y entreprendre l'inventaire de son matériel.

– Il préfère attendre. C'est le Sage premier qui nous l'a dit, assura l'un d'eux.

– Comment ça, attendre ? interrogea le second.

– Il veut interroger les deux autres sages pendant leur sommeil pour obtenir des informations sur l'intrus...

– Ah ? Même l'Érudit ?

– Oui, même l'Érudit. Enfin, l'Érudit... encore faudrait-il qu'il existe ! À force de ne pas le voir, on peut se poser la question ! réagit le premier gardien alors qu'il reprenait sa marche et sortait du bâtiment suivi de son collègue.

– Si, bien sûr qu'il existe. Mais j'ai entendu dire qu'il était contagieux et que, pour nous protéger, le *Phare* l'avait enfermé dans les profondeurs de...

– De ? De quoi ?

P102 pestait contre la situation.

Il allait être de plus en plus compliqué de les suivre, surtout à l'extérieur du bâtiment. Il cherchait désespérément une stratégie pour ne pas se faire repérer. Heureusement, les gardiens s'arrêtèrent une fois encore quelques mètres plus loin. La porte était restée entrouverte et P102 parvint ainsi, nettoyant la dernière vitre du couloir, à écouter quelques nouveaux fragments de la discussion.

– Il veut attraper toute la Confrérie !.... enfant qui le mènera à Copernic... emprisonné... Faire circuler le portrait...

Frustré de ne pas entendre plus clairement, il décida de sortir lui aussi. Sacrifiant sa stratégie, il avança lentement en longeant le mur du dortoir, pensant ainsi être à l'abri du regard inquisiteur des caméras. Il n'y avait plus aucun bruit. Ni celui des enfants, ni celui des gardiens. Le silence était devenu total.

Il arriva ainsi à l'angle extérieur nord du bâtiment. Face à lui, il ne restait plus que le grillage assurant le contour de la zone de dressage ouest et, derrière, le désert ocre de l'Aurore. Les gardiens venaient de faire le tour et n'étaient plus visibles. L'appréhension de P102 augmenta. Heureusement les caméras, logiquement dirigées vers le grillage, ne devaient pas le filmer, ainsi collé au mur. Il priait pour qu'elles ne changent pas d'angle soudainement.

Il se décida à jeter un premier regard furtif. En apnée, il pencha la tête pour voir derrière le mur et reprit aussitôt, tremblant, sa position initiale. Content de ne pas être tombé nez à nez avec les gardiens, il était surtout surpris de n'avoir rien vu, sinon l'horizon plat et morne. Ils semblaient déjà avoir contourné la façade.

Un second regard, plus appuyé cette fois, finit de le rassurer. Sans qu'il comprenne comment, ils avaient bel et bien disparu ! Sans doute, pensa-t-il, avaient-ils dû accélérer la marche et tourner à l'angle du bâtiment.

Toujours désireux d'éviter les caméras, P102 continua son avancée prudente. À peine avait-il fait deux mètres qu'il sentit un choc violent sur son front et plusieurs mains l'agripper et le tordre dans tous les sens ! Les gardiens, cachés derrière une fenêtre, venaient de lui sauter dessus et de le ligoter sans lui laisser la moindre possibilité de se débattre.

– On joue aux espions ?! s'exclama, satisfait, l'un des deux.

– Un enfant qui nous suit et nous écoute. C'est une première ! s'étonna le second gardien.

– Oui, décidément, le Régime vit une étrange période, renchérit le premier. Amenons-le au *Phare*, il sera ravi de notre prise.

P102 était furieux contre lui-même d'avoir voulu jouer au héros. Il était d'autant plus contrarié que sa filature n'avait servi à rien. Il n'aurait peut-être jamais l'occasion de répéter à P101 ce qu'il avait entendu, de l'informer des dangers qu'il encourait. Il était désormais prisonnier, aux mains des gardiens et, pire encore, bientôt aux mains du *Phare* lui-même !

12 - LE SAGE SECOND

Ce soir-là, P101 se retrouva seul devant la porte de sa chambre au moment de l'appel. Ce n'était pas la première fois, depuis qu'ils partageaient cet espace, que l'un des deux amis manquait à l'appel. Sous l'ère de l'Aurore, les enfants malades étaient en effet systématiquement placés en quarantaine, seulement le temps de s'assurer de la non-présence de l'Éphémère. Il espérait encore, lorsque la sirène retentit, que P102 arriverait avec un peu de retard. Mais il n'en fut rien. Attendant une bonne partie de la soirée, il finit par se rendre à l'évidence : P102 ne viendrait pas. Il lui était peut-être arrivé quelque chose... Inquiet, P101 ne parvint à s'endormir que tardivement.

Lorsqu'il se réveilla, il arpentait le couloir des rêves. Il marcha d'un pas rapide vers la porte vitrée de la Confrérie. Fermée ! Neptune eut un bref moment d'abattement. Ce soir, il n'apprendrait rien sur la disparition de P102. Il n'apprendrait rien non plus sur le Sage second. Il décida, malgré tout, d'en profiter pour explorer le reste du couloir.

Il lui fallut marcher cinq bonnes minutes de plus pour parvenir devant une seconde porte, beaucoup plus bariolée et colorée que la première. De nombreux dessins et une carte du monde la recouvraient quasiment en intégralité. Elle n'était pas verrouillée. Il la poussa, intrigué, se demandant où elle allait bien pouvoir le mener.

La pièce dans laquelle il pénétra était spectrale. Plongées dans l'obscurité par la présence d'épais volets, des tables et chaises hantaient le lieu. D'après les quelques gravures accrochées aux murs et la disposition du mobilier, cela ne faisait néanmoins aucun doute... Neptune se trouvait dans une salle de classe ! Pas comme celle de l'Aurore ; non, plutôt comme celles qu'il avait pu voir quelquefois dans les rares livres d'histoire moderne autorisés par le Régime.

Il regarda attentivement le décor et, n'observant rien d'étrange, traversa rapidement la pièce pour atteindre une seconde porte située à l'opposé. Elle donnait sur une petite cour d'école ensoleillée, à première vue tout aussi déserte que la salle. Deux balançoires en son centre venaient équiper le lieu d'accessoires ludiques. Derrière, on pouvait deviner un ancien terrain de basket bétonné, abîmé par le temps.

Là, il le vit, camouflé derrière la structure métallique du jeu. Un enfant d'une douzaine d'années, assis en équilibre sur une des balançoires, paraissait attendre, plombé par un triste poids. Le Sage second, pensa Neptune ! Était-il encore adolescent aujourd'hui ? Était-ce son apparence avant les trois jours de Mathusalem ? Il s'approcha de lui lentement, décidé à en apprendre davantage.

L'enfant l'aperçut et le fixa, les yeux ébahis. Il sembla ému mais ne bougea pas.

– Tu es ici, sourit-il, toi, mon meilleur ami. J'espérais ta venue.

– Mon meilleur ami ? répéta Neptune, à voix basse, surpris et soudain dépassé par son rôle.

Il eut néanmoins l'heureux réflexe de sourire et réussit à camoufler son étonnement. Pas vraiment fier de lui, il décida même de profiter de la situation et rendit son accolade à cet enfant dont il ignorait tout. C'est pour la bonne cause, se justifia-t-il à lui-même.

– Je suis content de te retrouver. Pourquoi es-tu dans cette cour, tout seul ?

– Tu te souviens, répondit-il, c'était notre école. Là où nous avons grandi, normalement, comme tous les enfants de notre époque, avant les trois jours de Mathusalem. Il n'y a plus personne désormais. Je suis le seul à avoir survécu à ce terrible épisode de notre histoire. Je ne remercierai jamais assez ton oncle. Mais c'est parfois difficile de ne plus vous avoir à mes côtés.

Neptune sourit à nouveau.

– Je suis heureux que tu aies survécu ! Tu n'as pas à culpabiliser pour ça. Que fais-tu désormais ?

– Je suis l'un des trois sages qui accompagnent ton oncle dans le pilotage de notre communauté. Nous luttons avec nos faibles moyens pour que l'humanité ne meure pas. Il nous faut éduquer les enfants présents et espérer que, plus tard, ils développent notre monde mieux que nous ne le faisons actuellement.

– Ta mission est importante ! Pourtant, tu sembles bien triste, nota Neptune.

– Je le suis. Tu sais, je ne veux pas le critiquer, ton oncle est le plus grand homme de l'humanité, déjà à l'époque moderne et plus encore maintenant que nous ne sommes plus qu'une poignée. Mais je ne comprends pas pourquoi le Régime repose sur autant de mensonges et d'autorité. Le *Phare* impose une terreur constante aux enfants. Et, pour maintenir cette terreur, il a construit un monde irréel, un monde d'illusions. Je ne sais même plus démêler le vrai du faux moi-même. Je pensais que le futur serait différent.

– De quelles illusions parles-tu ? Je ne comprends pas.

– Je pensais que le futur serait différent, répéta-t-il mécaniquement.

Le Sage second sembla recouvrer ses esprits et regarda amicalement Neptune.

– Oh, les illusions sont très nombreuses, tu sais ! On devrait investir la zone au-delà de l'Aurore. On ne pourra pas toujours rester cloîtrés dans ce désert. D'autres humains sont peut-être encore en vie. On ne sait rien. Si… on sait qu'aucun monstre, aucune chimère, n'habite ces forêts ! Je ne comprends pas non plus ces mises en scène où, à grands coups de sirène, le Régime fait croire aux enfants que le contrôle sur leur comportement et leur pensée est total. Nous n'avons jamais eu aucun contrôle !

Il s'arrêta quelques secondes, le regard ailleurs.

– Je me sens prisonnier. Mais je n'ai pas à me plaindre, certains le sont réellement dans les bas-fonds de la tour pyramidale. Je suis vivant et, tout ça, je le dois au *Phare*.

Alors qu'il livrait ses états d'âme, quelques rides s'étaient mises à apparaître sur le visage du Sage. Ces rides se multipliaient et se creusaient rapidement. Ses cheveux commençaient même à grisonner. Le Sage second était en train de vieillir brutalement. Il semblait touché par l'Éphémère !

Au même moment, et alors que Neptune ne pouvait détourner ses yeux de l'étrange enfant qui n'en était déjà plus un, des dizaines d'élèves très jeunes munis de sacs à dos se mirent à entrer progressivement dans la cour et à avancer vers le Sage vieillissant et Neptune. Le rythme de marche, d'abord rapide, ne cessait de ralentir. Neptune remarqua, à ce moment-là, un détail supplémentaire qui le fit frémir. Tous les enfants étaient également en train de vieillir en accéléré.

– Pars ! lui ordonna le Sage second. Quitte ce cauchemar. Tu es mieux dans un monde autre que celui de l'Aurore. Pars, pars ! cria-t-il le plus fort possible d'une voix que la vieillesse rendait chevrotante. Vite !

Neptune abandonna le Sage devenu très vieux et incapable de parler davantage.

Il se mit à courir, satisfait des informations recueillies mais inquiet de la tournure que prenaient les événements. Il tenta de se frayer un passage dans ce flot continu d'enfants. Parmi eux, Neptune aperçut, un peu plus loin, l'Intendante qui tentait également d'avancer vers lui. L'Intendante… Que faisait-elle là ?

Il n'eut pas le temps d'y réfléchir trop longtemps. Ce qui lui sembla facile durant les premiers mètres devint, à mesure qu'il progressait, de plus en plus laborieux. La cour était désormais remplie d'enfants et tout déplacement paraissait quasiment impossible. Les enfants s'agrippaient à lui, le retenaient par ses vêtements. Ils finirent même par le faire tomber ! Le voyant au sol, ceux situés à proximité s'arrêtèrent d'avancer et finirent, lentement, par se pencher sur lui.

– Noonnnnnnnn…

P101 se réveilla en suffoquant. Particulièrement heureux de s'être extirpé sain et sauf de cet affreux cauchemar, il le fut moins de constater auprès de qui il se réveillait ! Il était entouré de trois gardiens et de l'Intendante, dont le sourire nocturne semblait plus édenté que jamais. Ils l'avaient questionné et étaient les responsables de ce sinistre rêve.

– Nous t'avons piégé, mon enfant.

Le *Phare* venait à son tour de pénétrer dans la pièce.

Voilà pourquoi l'entrée de la Confrérie des Songes était fermée. Voilà pourquoi rien n'était indiqué sur la porte utilisée par Neptune pour accéder au rêve du Sage second. Copernic le savait.

– J'aurais dû me méfier, concéda-t-il.

Le *Phare*, lui, ne bougeait plus. Blême, il dévisageait P101.

– Un revenant ! lâcha-t-il finalement sans détourner ses yeux que la surprise avait rendus exceptionnellement grands. C'est vrai que la ressemblance avec mon… neveu est stupéfiante, articula-t-il péniblement.

Il sembla brusquement se ressaisir et ajouta, sur un ton plus sarcastique :

– Ne regrette rien, tu n'es pas le premier que nous attrapons. Votre Confrérie n'est déjà plus qu'un mauvais rêve.

13 - ÉVASION

– Je suis soulagé de vous trouver ici. Vous nous avez donné du fil à retordre.

Le Sage premier se tenait face à P101 et P102, dans une des cellules de la zone de dressage ouest où les deux amis étaient enfermés. Son visage, malgré ce qui ressemblait à des louanges, était sévère.

– Je ne pensais pas une telle ressemblance possible. Vous êtes la copie conforme du neveu du *Phare* ! Nous devrions passer davantage de temps dans les lieux de dressage… nous aurions été moins surpris. C'est une coïncidence incroyable.

Quelques minutes plus tôt, P101 avait été enfermé avec son ami P102.

– Ce n'est pas si mal, lui avait assuré ce dernier. Cette cellule ressemble un peu à notre chambre.

– Nous estimons que vous êtes désormais des dangers pour le Régime. Vous en savez trop, reprit le Sage premier.

P101 et P102 échangèrent des regards inquiets.

– Vous avez compris à quel point notre Régime était fragile, à quel point nous manquions de capacités humaines et techniques. Mais ce monde pourrait être bien pire encore ! Et il le sera, si vous parlez, gronda-t-il. Malheureusement, on ne peut plus vous laisser en liberté. J'en suis désolé, croyez-le bien. Nous avons besoin d'enfants tels que vous, malins, courageux... C'est vraiment dommage.

Il tourna le dos aux deux camarades d'infortune.

– Je doute que nous nous recroisions un jour ! conclut-il.

Sans même attendre de réponse, il quitta rapidement la cellule.

– Clap de fin. Merci, messieurs, se lamenta P102.

– Oui, je ne vois pas comment nous pourrions nous en sortir, acquiesça P101. J'ai échoué, la Confrérie a échoué.

Sa mine déconfite témoignait de son abattement.

– Peut-être Copernic aura-t-il une nouvelle idée ? dit-il sans trop d'espoir. Il est toujours plein de ressources.

– Sait-on jamais, acquiesça P102 encore moins convaincu que son ami. Je suis fatigué, avoua-t-il. Ces dernières péripéties m'ont épuisé. Je vais essayer de dormir un peu. Tu devrais en faire autant.

– Je vais essayer. Notre unique espoir réside de toute façon dans mon sommeil, approuva P101 en se couchant sur un lit de camp plutôt inconfortable.

Il ferma les yeux, persuadé que ce n'était pas cette fois-ci encore qu'il retrouverait Copernic.

Lorsqu'il les rouvrit, pourtant, il marchait bel et bien dans le couloir des rêves. Copernic allait peut-être lui donner des pistes pour s'évader ou pour rencontrer le Sage troisième ! Son regain d'optimisme fut de courte durée. La porte de la Confrérie était autant ouverte et praticable que la Doyenne était jeune et dynamique. Pour la seconde fois, il se retrouvait bloqué sur le pas de la porte.

Neptune scruta attentivement les deux côtés du couloir. Ils étaient déserts. Pourtant, il aurait juré avoir entendu des gémissements d'enfants. Sur ses gardes, il poursuivit son chemin. Il passa quelques mètres plus loin devant des portes de cellules inconnues d'où provenaient des murmures plaintifs. Les gémissements devaient venir de là. S'ajoutait à ce son effrayant une odeur de saleté particulièrement répugnante.

– M'étonnerait pas qu'il y ait des rats, dit-il, contrarié.

Toutes les portes qu'il dépassait étaient condamnées. N'en resta bientôt plus qu'une, située au fond du couloir devenu impasse. Plus massive que les précédentes, elle était seulement éclairée par une bougie suspendue à proximité. Cette zone était dépourvue de néons lumineux. Il continua d'approcher en évitant de marcher dans une des quelques flaques boueuses qui ponctuaient le parcours. Il ne faisait alors aucun doute, dans son esprit, que la porte ouvrait sur le rêve du Sage troisième.

Pourtant… « Neptune », voilà ce qu'elle indiquait, cette porte.

– Neptune ! Je vais entrer dans mon propre rêve ? Cela n'a aucun sens.

Non sans effort, il finit par la pousser et dégager suffisamment d'espace pour s'y glisser. La pièce dans laquelle il entra était sombre et il mit quelques secondes à s'habituer à l'obscurité ambiante. Des sanglots venaient du fond de la cellule. S'y trouvait assis un garçon à peine plus âgé que lui. Il s'installa à ses côtés.

– Je suis tellement navré, dit le jeune prisonnier. Je ne voulais pas ça.

– De quoi parles-tu ? Pourquoi te mets-tu dans cet état ? demanda Neptune.

– J'appartenais moi aussi à la Confrérie des Songes et je vous ai trahis. C'est de ma faute si tous les membres de la Confrérie, toi y compris, sont aujourd'hui emprisonnés.

– Tu es le premier Neptune, P12, c'est bien ça ?

– Oui. Je suis séquestré dans la tour pyramidale depuis plusieurs semaines. J'aimerais maintenant me racheter !

ajouta-t-il, essuyant ses larmes et levant les yeux. Je veux t'aider, Neptune, en facilitant ton évasion.

– Mais comment comptes-tu t'y prendre ?

– À mon réveil, je prétexterai un rêve suspect à mon surveillant pour qu'il déclenche les sirènes dans le lieu de dressage ouest où vous vous trouvez enfermés. Il n'est pas bien malin. Les gardiens vont sans doute venir se renseigner auprès de l'Intendante pour savoir ce qui se passe et quitter leur poste. Tu n'aura plus qu'à t'enfuir !

– Sans les clés de la porte ? objecta Neptune.

Pour la première fois, P12 sourit.

– Elles ne sont pas indispensables ! Ces portes-là ne ferment pas. Tu commences à le savoir, il ne faut surtout pas se fier aux apparences et surestimer le Régime. Les moyens dont il dispose sont très limités.

– Les portes ne sont même pas verrouillées ? reprit Neptune, sidéré. Mais pourquoi ne t'échappes-tu pas dans ce cas-là ?

– La cellule dans laquelle je me trouve est bien fermée, elle. Celles du dortoir en revanche ne fonctionnent plus. Et les gardiens ne sont pas si nombreux. Maintenant, il te faut partir. Mes rêves sont observés. Bientôt, ils seront là. N'oublie pas : il y a bien un troisième sage et il est au centre de l'Aurore. Tu dois le trouver ! Copernic t'aidera. Je n'ai moi-même pas le temps de t'en dire davantage.

Neptune se leva et se dirigea vers la porte.

– Une dernière chose... – Il se retourna vers l'enfant captif qui venait de l'interpeller –, si jamais vous deviez réussir, j'espère que vous viendrez me délivrer.

– Nous ferons tout pour ! assura Neptune en quittant la pièce lugubre.

La sirène qui retentit alors lui parut assourdissante. P101 sursauta. P102 venait lui aussi de sortir brutalement de son sommeil. Il se tenait assis sur son lit de camp, hébété et échevelé, juste à côté de lui.

– C'est le moment, murmura le premier en se levant.

– Le moment de quoi ? reprit le second en regardant son camarade déjà debout.

– ...De nous éclipser ! lança P101 en ouvrant brusquement la porte.

14 - À L'ABRI DES REGARDS

– Mais… comment… as-tu fait ça ?

Au côté de P101, P102 courait dans le couloir du lieu de dressage. Il ne parvenait toujours pas à saisir comment avait procédé son ami pour ouvrir cette porte.

– Pas très compliqué, assura P101, essoufflé. Elle n'était pas verrouillée.

– Pas verrouillée ?

P102 comprit immédiatement que la nuit de son camarade n'avait pas été de tout repos.

– Mais nous sommes quand même fichus, les caméras sont braquées sur nous !

– Ne t'inquiète pas, assura un P101 haletant, mais étrangement serein. On peut s'échapper… sans aucun risque. Les gardiens ne… sauront pas où nous sommes partis.

P102 était perdu. Le flegme relatif de son ami – sans compter son manque d'endurance ! – lui paraissait aberrant.

– Fais-moi confiance... Les caméras ne sont pas un problème. Elles ne fonctionnent pas.

Son débit était saccadé, rythmé par une respiration rapide.

– Durant… toutes ces années, nous avons cru être surveillés. Mais, en réalité, les caméras… n'étaient qu'un leurre. La salle de contrôle, dans la tour pyramidale, est vide et délabrée. Regarde, même la porte n'était… n'était pas fermée à clé.

P102, tout en continuant sa course, fixa quelques secondes P101. Il se décida à prendre les choses en main. Sa connaissance des lieux et son sens de l'orientation étaient bien supérieurs à ceux de son ami.

– Nous allons passer par le bâtiment de stockage. Le trajet sera un peu plus long, mais nous croiserons moins de monde. Suis-moi !

Il accéléra l'allure.

P101, concentré sur sa respiration, acquiesça silencieusement et redoubla d'efforts.

– Attention !

Deux gardiens venaient d'apparaître au fond du couloir.

– Vite, dans la pièce, indiqua P102 tout en y poussant son compagnon.

Les deux se camouflèrent derrière la porte durant quelques secondes. Dès que les bruits de pas s'atténuèrent, ils reprirent leur course, attentifs aux moindres sons suspects. La chance leur sourit et, finalement, ils ne croisèrent plus personne.

Une fois les clôtures franchies, ils se mirent à cavaler sur l'argile sèche de la zone de l'Aurore.

– Aucun endroit… où se cacher, remarqua, suffoquant, P101. Il nous faut atteindre l'hors zone… et vite.

– L'hors zone ? reprit P102. Tu es devenu fou ! Tu n'es pas dans un rêve, là. On ne va pas y survivre plus de deux minutes !

– Encore un mensonge du Régime. Cette zone… elle n'a rien de dangereux, je t'assure… Dépêchons-nous ! insista P101.

Lassé, P102 décida de ne même pas manifester son incompréhension.

Quelques foulées plus loin, les deux amis parvinrent enfin à la lisière de la forêt. À peine eurent-ils quitté la zone argileuse qu'ils s'affalèrent dans quelques hautes herbes, épuisés par cette course.

Après quelques minutes d'un repos silencieux bien mérité, P101 poussa un long soupir. P102 posa sur lui un regard interrogatif.

– Tu sembles contrarié, non ?

– Un peu, oui… J'étais sur le point d'obtenir des informations cruciales sur le Sage troisième. Mais le premier Neptune n'a pas eu le temps de m'en dire davantage. Là, je ne sais rien sur lui. Qui est-ce ? Où est-il ? Je suis...

D'une voix étranglée, P102 le coupa.

– Le troisième sage ? Je crois savoir de qui il s'agit et où il se trouve. Les deux gardes que j'ai espionnés n'ont pas seulement parlé de la Confrérie. La discussion a aussi dévié sur le Sage troisième. L'Érudit.

– L'Érudit ? répéta P101 stupéfait.

P102 se remémora tout ce qu'il avait entendu sur ce mystérieux personnage. Il tenta de transmettre les informations à P101 le plus fidèlement possible.

– Il se trouve « dans les profondeurs » ! conclut-il, soudainement moins convaincu par son ultime révélation.

– Les profondeurs de quoi ? La frustration de P101 était visible. Génial ! Merci, c'est de suite beaucoup plus clair. Je suis bien plus avancé maintenant…

– Je n'ai pas pu entendre la fin de la phrase. Je te rappelle que la situation n'était pas idéale pour noter les informations ! se justifia P102, froissé. Il nous faut maintenant trouver un endroit où tu puisses dormir et rêver. Ton Copernic aura peut-être une idée.

– Je n'ai pas vraiment sommeil, remarqua P101. Nous sommes en pleine journée.

– Patientons quelques heures. Nous avons sans doute du temps. Les gardiens doivent actuellement nous chercher dans le lieu de dressage.

Ils se dissimulèrent au cœur d'épais buissons inconfortables. P101 en profita pour raconter à P102 toutes ses récentes aventures. Il impressionna ce dernier et lui arracha même un compliment.

– Elle t'a changé, cette aventure. Tu t'es greffé du courage. Tu as même remporté une course ! D'accord, c'était un rêve et le gardien était gêné par ses vêtements… Mais c'est quand même bien la première fois !

Le soleil déclinait enfin et la forêt commençait à être plongée dans la pénombre. Les gardiens ne s'étaient toujours pas montrés. Les deux amis observèrent autour d'eux. La végétation était clairsemée mais les arbres derrières lesquels ils pouvaient s'installer pour dormir ne manquaient pas.

– Regarde ! cria P102 en pointant un arbre lointain bien plus volumineux que les autres.

P101 finit par apercevoir ce que son compagnon lui désignait exactement. Là, derrière le tronc géant, gisait un bus dans un état de délabrement avancé. Il était quasiment en voie de naturalisation. Ils le contemplèrent. Jamais ils n'avaient vu un véhicule aussi massif.

– Il a sans doute servi à notre transport dans la zone de l'Aurore, non ? avança prudemment P102.

– Cela ferait donc dix ans qu'il attend ici, dans cette végétation hostile, remarqua P101, pensif.

Les amis s'approchèrent de l'imposant vestige. Arrivés à sa hauteur, ils restèrent médusés quelques secondes par la vision inattendue d'une dizaine de bus se trouvant là, entreposés juste derrière ! Tous semblaient faire désormais partie du décor. La flore locale les avait adoptés. Recouverts de mousse et de hautes herbes, on ne pouvait que deviner des carrosseries rongées par le temps, des peintures flétries et quelques vitres luttant pour laisser filtrer encore un peu de lumière à l'intérieur des carcasses.

Sans attendre, P101 grimpa quelques marches pour pénétrer dans un des bus parmi les plus éloignés. Il espérait ainsi échapper à une possible recherche des gardiens. L'intérieur du bus était bien mieux préservé que sa surface. Bien sûr, les fauteuils étaient sales et abîmés. Mais ils demeuraient plutôt confortables, plus que le sommier de son lit, cela ne faisait aucun doute.

– Je vais essayer de dormir un peu. J'espère rencontrer Copernic ou l'Érudit. Il faudrait surveiller les lieux. Si jamais des gardiens devaient arriver, préviens-moi pour que nous puissions nous enfuir.

– Rêve tranquille ! Je ne laisserai personne approcher impunément.

P102 se sentait investi d'une mission de la plus haute importance. Mais l'obscurité quasi totale du lieu compliquait sa tâche. Aussi se plaça-t-il devant le bus. Au bout de quelques minutes, il commença à circuler pour couvrir visuellement la totalité du secteur. Le plus efficace, pensa-t-il, était sans doute de ne pas arrêter de former des cercles autour de l'engin pour élargir son champ de vision.

Deux heures plus tard, il bataillait vigoureusement contre le sommeil. La nuit ne lui avait jamais semblé aussi noire et soporifique. Lui aussi aurait bien aimé pouvoir agir dans ses rêves ! Lassé, il avait stoppé ses rondes et s'était assis contre un tronc protubérant. C'est une série de petits sons qui éveilla d'abord ses soupçons. Puis un bruit sourd, plus net que les pulsations de la nature ambiante, vint brutalement mettre fin à sa léthargie naissante. Rien ne bougeait autour de lui. Il eut un doute… il lui sembla discerner une silhouette derrière un arbuste éloigné, à la frontière de l'aire de l'Aurore. Il fixa attentivement cette ombre que la nuit humanisait et rendait menaçante. P102 sentait son cœur s'emballer… Une deuxième puis une troisième silhouette venaient d'apparaître au même endroit. Les gardiens ! Visiblement, il s'agissait d'un escadron entier ! Paniqué, il regarda furtivement par la porte du bus et constata que P101 dormait profondément.

– Ils vont se rapprocher du bus, entrer, et l'empêcher de poursuivre son rêve… Il me faut agir ! se chuchota-t-il à lui-même.

S'éloignant à pas feutrés du périmètre du bus, il se mit soudainement à courir en faisant le plus de bruit possible de façon à ce que les gardiens le prennent en chasse et laissent P101 tranquille !

Il entendit un léger signal. Un sifflement fatigué. Les trois gardiens venaient de se lancer à sa poursuite. Il avait réussi sa diversion et ne pouvait s'empêcher de sourire malgré le danger de la situation ! Véloce, il se fraya un chemin dans la flore sèche et blessante de la forêt. Il s'arrêta au bout de quelques longues secondes de course, mains et visage égratignés. Il n'entendait plus aucun bruit. Pourquoi les gardiens avaient-ils arrêté la poursuite ? Peut-être les avait-il semés ? Peut-être étaient-ils retournés vers le bus ? Sans doute avait-il été trop rapide pour eux… même P101 les avait battus à la course !

P101, de son côté, après s'être allongé sur deux des sièges à l'intérieur du bus, avait rapidement trouvé le sommeil. Il n'était pas informé des aventures de son ami et des risques qu'il prenait pour préserver ses rêveries. Endormi, il venait de pénétrer dans le couloir des rêves, espérant y retrouver Copernic.

15 - L'ÉRUDIT

Cette fois, la porte de la Confrérie était ouverte. Il s'engouffra précipitamment, décidé à engloutir l'escalier plus rapidement encore que les fois précédentes. Mais l'escalier, lui, avait disparu. Neptune se trouvait dans un sas empli d'une fumée épaisse et rythmé au son, inconnu, d'une machinerie invisible. Devant lui, deux marches métalliques permettaient l'accès à une double porte qu'un bouton circulaire central devait activer.

– Dans quoi vais-je encore m'embarquer ? se demanda-t-il.

Intrigué, il appuya sur le bouton. Les deux portes s'écartèrent, lentement, dans un souffle violent. Neptune reconnut immédiatement la machine dans laquelle il entrait. C'était un train du début de l'époque moderne. Il le savait pour avoir rédigé un petit dossier sur l'histoire de ces véhicules. Pour une fois, les leçons de la Doyenne n'avaient pas été inutiles ! Le wagon, composé d'une multitude de sièges en cuir positionnés en ligne, était vide. Il regarda machinalement par les grandes fenêtres et s'immobilisa. Le train roulait sur des rails au milieu d'une étendue d'eau nacrée. Seules quelques mauvaises herbes à proximité de la voie ferrée venaient signaler l'existence d'un chemin et ses courbes. Le train à fleur d'eau avançait à grande vitesse. Neptune éprouva un sentiment de liberté et de plénitude qu'il n'avait, jusqu'ici, jamais ressenti. Il regarda défiler ce paysage incroyable, alors que le soleil levant diffusait ses couleurs ambrées à l'immensité bleue du ciel et de l'océan.

Se détournant du magnifique panorama, il se remit à avancer dans le train dépeuplé. Il traversa deux, puis trois wagons. Enfin, dans le quatrième, il aperçut un homme assis qui lui tournait le dos. L'inclinaison de sa tête laissait penser qu'il observait lui-même le lever de soleil par la fenêtre.

Alors qu'il approchait anxieusement, l'inconnu prit la parole.

– Bonjour, Neptune. Enfin, nous nous rencontrons.

Neptune ne répondit pas. Il avait l'impression de connaître cette voix.

– Je ne sais par où commencer… Peut-être par te montrer qui je suis !

L'individu, associant l'acte à la parole, se retourna.

– Vous !… Neptune n'arrivait pas à en croire ses yeux. Mais comment est-ce possible ? C'est un piège ! cria-t-il. Comment m'avez-vous déjà retrouvé ?

Le *Phare* était assis. Il le regardait avec un sourire accueillant.

– Calme-toi, Neptune. Non, ce n'est pas un piège. Je ne suis pas celui que tu crois.

– Qui êtes-vous alors ?

– Je suis bien le Sage troisième. Celui que tu cherches, l'Érudit.

– L'Érudit ? répéta Neptune. Je ne comprends pas… Le *Phare* et vous n'êtes qu'une seule et même personne ?

– Oui et non, sourit l'Érudit. Il me faut te raconter une histoire difficile à croire. Mais ce récit devrait t'intéresser. D'autant plus que tu en es un des principaux protagonistes.

Neptune, déjà captivé par ces propos, s'assit à côté de lui.

– Comme tu le sais, le *Phare* est un médecin qui, alors qu'il travaillait depuis plusieurs années sur une maladie rare provoquant un vieillissement accéléré et prématuré, trouva l'antidote permettant de stopper les effets de l'Éphémère. Ce médecin que l'histoire a rendu célèbre avait un frère jumeau. Celui-ci vivait dans l'ombre du premier mais les deux entretenaient, malgré tout, de très bons rapports. Ce frère avait un fils de onze ou douze ans. Cet enfant était adoré de son père et de son oncle. C'est à lui que tu ressembles énormément, au neveu du *Phare*.

Les yeux embués, l'Érudit marqua une pause.

– Cet enfant n'a pu être sauvé durant la contamination et il disparut tragiquement au soir du second jour de Mathusalem. Le frère du *Phare*, furieux contre ce dernier car incapable de guérir son fils, décida de manigancer une terrible vengeance. Il fit croire à tous que, lui-même touché par la maladie, était mort. En réalité, le traitement l'avait bel et bien sauvé. Mais il disparut de la circulation et profita de cette fausse disparition pour enlever le véritable *Phare* et prendre sa place. Une telle imposture était possible puisque les deux avaient une apparence et une voix similaires. Il devint le *Phare* à l'aube du troisième jour, alors même que la transhumance devait commencer quelques heures plus tard. En usurpant l'identité de son frère, il allait perturber le cours de l'histoire.

Neptune regardait l'Érudit, effaré. Celui-ci continua :

– Mais l'un comme l'autre ignoraient à ce moment-là un détail qui, peut-être, allait le rétablir. Toi, Neptune ! Une chirurgienne, membre de l'hôpital avec qui le *Phare* avait eu une liaison quelques mois plus tôt, était en effet sur le point d'accoucher. Le *Phare* allait devenir père ! Cet enfant naquit le troisième jour de Mathusalem, dans l'indifférence la plus totale, la mère mourant durant l'accouchement. Personne ne sut jamais que, parmi les enfants de l'Aurore, se trouvait le fils du *Phare.* Il est devenu un parmi d'autres. Un anonyme qui ne risquait plus rien et que je ne reverrais probablement jamais. Je n'ai moi-même découvert son existence que tardivement, en déchiffrant un mot laissé par la mère.

À ce moment-là, le train remua, secoué par une légère vague qui venait de heurter le wagon.

– L'enfant, c'était moi !...

Neptune était abasourdi.

L'Érudit acquiesça. Il reprit :

– Mon frère a pris ma place. Il ne m'a pas supprimé au cas où l'Éphémère réapparaîtrait. Il m'a simplement retiré le droit de vivre libre. Je suis emprisonné depuis tellement longtemps... Je ne peux m'évader que dans mes rêves. Là, je me crée des mondes fabuleux, des mondes qui me laissent penser que le présent est supportable et qu'un avenir est possible.

Neptune n'en croyait pas ses oreilles. L'Érudit était son père, le véritable *Phare.*

– Mais que faire ? demanda-t-il. Comment restaurer la vérité ? Personne ne me croira.

– Non, sans doute pas. Il te faut me délivrer, Neptune. Je ne vois pas d'autre solution. Malheureusement, je ne sais même pas où je suis retenu captif. Ma cellule n'a pas de fenêtres...

Absorbé par le récit, Neptune n'avait pas constaté à quel point le temps s'était détérioré. Le ciel était couvert de nuages. La houle n'avait cessé de grossir et le train glissait désormais sur une mer agitée. Il commençait à être chahuté par des vagues de taille suffisante pour représenter un danger. C'est un éclair, tombé très près, et le coup de tonnerre fracassant qui l'accompagna, qui sortirent Neptune et l'Érudit de leur discussion. Ils échangèrent un regard inquiet.

– Les gardiens ! affirma l'Érudit. Il faut que tu partes sans attendre, conseilla-t-il.

Neptune se leva, regarda silencieusement une dernière fois son père.

– N'oublie pas : délivre-moi ! Trouve où je suis emprisonné !

– Ça, dit énigmatique Neptune, je crois déjà le savoir...

Il commença à se hâter vers l'avant du train.

Sa course était perturbée par les chocs que des vagues toujours plus puissantes provoquaient. Alors qu'il avançait laborieusement, une vague, bien plus impressionnante que les précédentes, vint heurter le train sur toute sa hauteur. La secousse fut violente, mais l'engin resta campé sur ses rails, sans que Neptune ne comprenne comment. Quelques secondes plus tard, il arrivait au bout du dernier wagon. Les gardiens, eux, venaient d'y pénétrer.

– Je suis fichu, souffla-t-il au moment de poser un premier pied sur le petit balcon extérieur.

Il était bien conscient des dangers que représentait la tempête, mais de deux maux, mieux valait choisir le moindre, pensa-t-il. À peine avait-il posé le second pied, qu'une vague au moins aussi haute que la précédente recouvrait le train. Neptune fut violemment projeté et emporté dans l'abîme aquatique.

16 - ÉVEIL

P101 se réveilla brutalement. Malgré la frayeur provoquée par le rêve, il recouvra rapidement ses esprits. Il commençait à avoir l'habitude de ces fins de rêves angoissantes. Il sortit du bus. Un soleil insomniaque éclairait déjà la forêt.

– 2, où es-tu, 2 ?

Aucun bruit ne vint lui répondre, sinon un léger et naturel bruissement de feuilles. Après avoir fait le tour du bus et investi l'environnement le plus proche, P101 se résigna. Son ami n'était plus là et ce silence ne gageait rien de bon. Il avait dû se passer quelque chose de grave. Il se mit à trottiner vers le lieu de dressage.

Il traversa en quelques minutes le bout de forêt qui le séparait de la zone de l'Aurore. Une fois parvenu sur la surface argileuse, il entendit des cris derrière lui. Les gardiens étaient à sa poursuite. À écouter les grognements qu'ils poussaient, ils semblaient avoir certaines difficultés à s'extraire de la forêt. Tant mieux, il gagnait sur eux de précieuses secondes.

Quelques foulées plus tard, les gardiens étaient visibles. Ils étaient deux et venaient eux aussi de franchir la frontière de la zone. Un troisième émergea plus tardivement. À la traîne, il supportait sur l'une de ses épaules une charge gesticulante. P101 reconnut immédiatement cette silhouette. Il s'agissait de P102. Ce dernier avait été capturé !

P101 continua de courir le plus rapidement possible. Mieux valait d'abord délivrer l'Érudit. Lui, ensuite, pourrait facilement arranger la situation de P102.

Il passa devant son lieu de dressage sans ralentir. Il lui fallait atteindre, coûte que coûte, la tour pyramidale. Il aperçut une équipe d'enfants au travail sur un des champs de la zone. Mercure était parmi eux.

– Mercure ! lui cria-t-il. Il faut que tu m'aides. Maintenant ! Il me faut absolument atteindre la tour. L'Érudit peut nous sauver, tous !

Mercure mit quelques secondes à comprendre ce que son ami attendait d'elle. Elle regarda les gardiens avancer à vive allure. P101 n'avait aucune chance de parvenir à la tour. Elle saisit fermement la brouette et se prépara…

Alors qu'ils approchaient, Mercure se précipita sur les gardiens et, de manière apparemment accidentelle, leur coupa la route. Les deux gardiens chutèrent lourdement au contact de la brouette et des cailloux qu'elle contenait. Multipliant les hurlements et gémissements, ils se relevèrent péniblement.

– Je suis désolée, assura Mercure aussi hypocritement qu'elle le pouvait, je ne vous avais pas vus.

– Nous reviendrons en parler plus tard ! vociféra un des gardiens alors qu'il se frottait les genoux et tentait de reprendre son souffle. Il jeta un regard glacial à Mercure et les deux repartirent au pas de course, encore asphyxiés, espérant rattraper P101 dont l'avance avait doublé. Mercure sourit. Elle venait d'accomplir brillamment sa mission.

P101 parvint rapidement devant l'entrée de la tour qui n'était cette fois surveillée par personne. Inquiet à l'idée de se retrouver nez à nez avec un des gardiens surgi de nulle part, il pénétra prudemment dans le bâtiment. Le hall était sans grande surprise désert. Il examina les lieux, à la recherche d'un escalier qu'il n'aurait pas vu et exploré la première fois. Il avait compris où était enfermé l'Érudit. Le Sage second et P102 l'avaient mis sur la voie. Après quelques secondes d'inspection, il identifia une porte sans symbole, dissimulée dans un des angles morts de la salle et l'ouvrit.

Un escalier, bien plus étroit et pentu que celui déjà emprunté dans son rêve, descendait dans les entrailles de la tour. P101 n'hésita pas. Il dévala les marches et se retrouva dans un immense couloir rectiligne où des portes se multipliaient de chaque côté. La lumière livide diffusée par les quelques néons accrochés au centre du plafond éclairait faiblement les lieux. P101 saisit un trousseau de trois clés pendu au mur, à un mètre à peine de la base des escaliers. Il commença à progresser dans ce couloir qui lui semblait toujours plus familier à mesure qu'il avançait.

Il appela, une première fois à voix basse :

– Il y a quelqu'un ?

Il fit quelques pas supplémentaires et appela une seconde fois en élevant légèrement la voix.

– Il y a quelqu'un ? L'Érudit, êtes-vous là ?

Aucune réponse ne lui parvint.

– Il y a quelqu'un ? L'Érudit ? répéta-t-il une troisième fois, augmentant encore le volume de sa voix.

– Oui, il y a bien quelqu'un, mais je crains que ce ne soit pas celui que tu cherches…

La réponse était plus sonore encore que la question. Elle venait de l'entrée du couloir. P101 sursauta et pivota promptement. Le *Phare* se tenait là. Sa canne pointée vers lui paraissait plus menaçante que jamais. Pire encore, il n'était pas seul. Trois gardiens l'accompagnaient, positionnés juste derrière lui. Ils obstruaient le passage et empêchaient toute tentative de fuite. À en croire l'état de leur tunique, deux d'entre eux avaient fait la connaissance de Mercure et de sa brouette quelques minutes plus tôt.

P101 resta figé, paralysé par cette arrivée soudaine. Le *Phare* sembla une nouvelle fois aussi perturbé par la vision du jeune garçon que ce dernier pouvait l'être par la vision du *Phare*. Ils se dévisagèrent un moment sans dire mot avant que le second manifeste son agacement.

– Encore toi, sosie !

– Je ne suis pas le sosie de votre neveu, rétorqua P101 avec aplomb, mais celui de votre fils que l'Éphémère a emporté à l'âge de onze ans. Je sais que vous n'êtes pas le véritable *Phare*, mais son frère jumeau. Je sais que vous êtes un imposteur ! continua-t-il sur un ton de défi.

P101 regrettait déjà d'avoir si rapidement dévoilé toutes ses cartes, mais il était néanmoins très fier de son effet. Transpercé par ces propos, le *Phare* mit quelques secondes à reprendre ses esprits. Il finit par déclarer, solennel :

– Ça, il faudra le prouver, mon garçon. À qui voudrais-tu faire croire un tel mensonge ?

Les gardiens restaient tout aussi impassibles, apparemment peu convaincus par cette révélation.

– Attrapez-le ! ordonna le *Phare*.

P101, à ce moment-là, n'aurait pas parié sur lui-même. Trois clés, une cinquantaine de portes en verre opaque comme autant de possibilités… Jamais il ne pourrait trouver la bonne à temps.

En verre opaque ! Il comprit brusquement. Le *Phare*, l'Érudit, la Confrérie des Songes, Copernic, le couloir des rêves ! P101 se mit à courir dans la direction opposée du *Phare* et des gardiens. 20, 18, 16, 14… les portes défilaient sous ses yeux. Les gardiens, eux, venaient d'entamer un nouveau sprint pour le rattraper. Il s'immobilisa devant la porte marquée du numéro 8. D'une main mal assurée, il tenta d'introduire une première clé. Pas la bonne. Il tourna fébrilement la seconde et entendit un léger claquement encourageant.

Il n'eut pas le temps de se réjouir trop longtemps. Deux des gardiens venaient de le saisir par les bras et de le tirer férocement vers eux, avant même qu'il ait pu ouvrir la porte.

– Aïe, lâchez-moi ! grogna-t-il alors que l'un d'eux l'immobilisait en lui tordant le bras.

Le *Phare* approcha lentement.

– Tu es courageux, mon enfant. Et la ressemblance avec mon neveu est troublante. Stupéfiante même. Je ne sais pas vraiment qui tu es et ce que tu cherches, mais tu auras fait preuve d'obstination. Ta punition n'en sera hélas que plus rude et exemplaire. Bâillonnez-le !

À peine eut-il fini sa phrase que les deux sages pénétrèrent d'un pas rapide dans le couloir.

– Nous sommes venus aussi vite que possible ! Nous avons croisé un gardien qui nous a avertis de la situation.

Plus épais que son compagnon, Le Sage premier semblait particulièrement éprouvé par la course qu'ils venaient de s'imposer.

Le *Phare* sembla surpris de retrouver ses deux acolytes.

– Mes fidèles compagnons, revoici notre fauteur de trouble, celui-là même qui, profitant de la ressemblance avec mon neveu, a pénétré vos rêves. Cette fois, il ne s'échappera pas… et ne parlera plus !

Les gardiens avaient ligoté et muselé P101 et ils commençaient à le conduire vers l'escalier.

– Mieux vaut choisir les coupables que les chercher, n'est-ce pas, mon frère ?

Une voix d'outre-tombe venait de s'élever derrière les protagonistes de la scène. Tous se retournèrent, surpris par cette intervention inattendue. Profitant du mouvement des gardiens, P101 put lui aussi pivoter suffisamment pour discerner l'immense silhouette sortir de la cellule numéro huit. Sans doute les gardiens pensaient-ils que P101 n'avait pas eu le temps d'ouvrir la porte. Lui-même était surpris d'avoir réussi.

La longue silhouette quitta progressivement l'obscurité pour venir se positionner au milieu du couloir, là où la lumière était la plus vive. Seule une barbe plus volumineuse et un regard bienveillant distinguaient le nouvel arrivant du *Phare*. Sous l'effet de la stupeur, les sages et les gardiens ne purent s'empêcher de pousser quelques exclamations de surprise.

– Emprisonnez cet imposteur ! ordonna un *Phare*, livide, dont la canne n'avait jamais paru aussi salutaire à la verticalité.

Les gardiens restèrent immobiles et n'obéirent pas, trop perturbés pour répondre directement à l'ordre. L'Érudit profita de ces quelques secondes de flottement pour prendre la parole.

– Mes amis, dit-il en posant un regard sur les deux sages, quel plaisir de vous retrouver ! Il souriait largement. Vous avez changé… Mais je suppose que moi aussi ! Et toi, P101, enfin je te rencontre, en chair et en os. Voilà près d'une décennie que je ne suis pas sorti de cette cellule. Je me languissais de te connaître enfin.

– Emprisonnez-le ! répéta vigoureusement le *Phare*. C'est un ordre !

Alors que les gardiens s'apprêtaient à obtempérer sans conviction, le Sage second intervint :

– Attendez.

Il s'approcha de l'Érudit, le fixa longuement et finit par tomber dans ses bras. Le Sage premier vint lui aussi le dévisager.

Le Sage second se retourna vers l'usurpateur d'identité, les yeux humides.

– Je n'arrive pas à croire que l'imposture ait duré aussi longtemps. Je m'en veux de n'avoir rien vu. Il regarda alors sévèrement les gardiens. C'est lui qu'il faut emprisonner.

– Oui, c'est lui ! renchérit le Sage premier tout juste sorti de l'accolade amicale avec l'Érudit.

– Moi ? s'étonna le *Phare*. Quelle mascarade ! Il se tourna vers les gardiens. Je vous ai, je crois, donné un ordre. Obéissez-moi !

Le regard des gardiens circulait nerveusement du *Phare* à l'Érudit en passant par les deux sages. La confusion semblait totale.

Le Sage second, furieux, insista.

– C'est lui qu'il vous faut emprisonner ! Ce n'est pas le *Phare*, seulement un avatar diabolique qui, pendant dix ans, a nui à notre civilisation émergente !

Les gardiens, encore indécis, firent deux pas vers le *Phare*. Celui-ci se retourna vers l'escalier et tenta quelques enjambées rapides. Il se ravisa immédiatement, conscient des limites de sa vitesse de pointe. Cette tentative de fuite avortée sonna néanmoins comme un aveu de culpabilité. Il fut saisi par les gardiens. Résigné, il ne dit mot.

L'Érudit s'était approché. Il posa sa main sur l'épaule de P101.

– C'est grâce à toi, mon fils. Tu m'as sauvé et tu as restauré l'ordre.

– Mon fils ? répéta, interrogatif, le *Phare* déchu alors que les gardiens l'emportaient.

– Oui, le fils que j'ai eu durant les trois jours de Mathusalem, ton neveu. Je ne l'ai découvert que tardivement, une fois enfermé. C'est d'ailleurs ce qui l'a sauvé et nous a sauvés par la même occasion. Je ne pensais pas que les omissions de sa mère nous seraient aussi bénéfiques ! conclut-il avec un sourire.

Le *Phare* regarda son frère puis P101. Il semblait ailleurs. Peut-être pensait-il à son propre fils ?...

17 - AUBE ET CRÉPUSCULE

Deux jours s'étaient écoulés depuis la délivrance de l'Érudit et la fin de la mystification. Son frère, désormais emprisonné dans une des chambres de la tour pyramidale, bénéficiait d'un traitement nettement plus confortable que celui qu'il avait lui-même subi. Parmi ses premières décisions, l'Érudit avait proposé de mettre en place une assemblée composée d'enfants et d'adultes en mesure de juger les crimes et délits des membres de l'Aurore. Ne restait plus qu'à organiser une telle assemblée. P102, P12 et les membres de la Confrérie des Songes retenus captifs étaient, eux, désormais libres. Les retrouvailles avec P101, Mercure et Mars avaient été pleines de joie et de soulagement. Seul Copernic manquait toujours à l'appel.

En ce début de soirée, une grande réunion organisée par l'Érudit se déroulait dans la salle magistrale de la tour pyramidale. La décoration grandiloquente de cette salle couverte de marbre et de fresques historiques n'était rien comparée au vertige provoqué par la vision panoramique sur la zone. Les enfants en restèrent d'ailleurs un moment ébahis.

– Les lucarnes de vos chambres rivalisent difficilement, n'est-ce pas ! avait lancé le Sage second aux premiers enfants arrivés en constatant leur stupéfaction.

Les gardiens se trouvaient également dans la salle. Non pas pour surveiller le déroulement des opérations, mais pour écouter le discours de L'Érudit. Méconnaissables, ils avaient retiré leurs blouses et masques pour privilégier des tenues ordinaires et confortables. Ils paraissaient désormais beaucoup plus âgés qu'effrayants.

Les propos tenus par l'Érudit sonnaient comme l'avènement d'une nouvelle époque.

– Il nous faut protéger la liberté de tous, avait-il assuré. Celle de s'appeler comme on le souhaite et non pas de porter un matricule, celle de s'instruire en étudiant les temps anciens, celle de discuter et s'amuser ensemble, celle d'explorer le monde qui nous entoure.

– Et celle de choisir son repas ? Est-on libre de refuser de manger des navets ?

L'intervention de P102 provoqua quelques rires timides chez les autres enfants que l'Érudit relaya plus bruyamment. Sa réaction complice à cette plaisanterie finit d'instaurer un climat beaucoup plus détendu dans la salle.

– On passe par où ? demanda P101 à son ami.

– On opte pour le trajet ouest ? On profitera un peu du crépuscule, décida P102.

Le soleil couchant conférait à la zone cet aspect orangé caractéristique de l'ocre de l'Aurore caressée par les derniers rayons du soleil. Le discours venait de se terminer et les enfants rentraient se coucher. Pour quelques jours encore, ils restaient installés dans leur chambre du lieu de dressage. Bientôt, ils allaient en occuper une, bien plus agréable, située dans la tour pyramidale. L'Érudit l'avait annoncé.

– Les enfants, attendez ! Ce dernier venait d'un pas rapide à la rencontre de P101 et P102. Fils, j'aimerais te retrouver demain matin, à la première heure, au sixième étage de la tour. Nous devons discuter.

– Bien sûr ! répondit P101.

Il se réjouissait de retrouver son père si rapidement.

– À demain donc, conclut-il satisfait.

L'Érudit reprit le chemin inverse et disparut bientôt derrière le pont qui assurait la jonction entre les deux lieux de dressage. Ils le regardèrent s'éloigner. Cette vision du *Phare*, à la démarche symétrique, et humainement si proche d'eux, avait quelque chose de tellement surréaliste.

Dans leur chambre, rien ne semblait indiquer le changement de régime, pourtant tout était déjà différent. Une fois le soleil couché, la différence fut plus nette encore puisque l'obscurité s'était emparée de la pièce. Pour la première fois, les deux amis allaient s'assoupir sans devoir se protéger de la lumière artificielle.

On frappa doucement à leur porte. P101 se pencha au-dessus de son lit et regarda P102 dont le visage trahissait la perplexité la plus totale. On frappa à nouveau.

P102 se leva et ouvrit prudemment la porte. N62, *alias* Saturne, l'ancienne complice de P101, se trouvait de l'autre côté.

– Vous dormez ? s'étonna-t-elle. Tant pis, on discutera demain.

P102 cherchait encore quoi répondre qu'elle repartait déjà. Elle se retourna, quelques mètres plus loin, embarrassée :

– Marrante, ta blague tout à l'heure...

Puis elle disparut furtivement à l'angle du couloir. P102 revint se coucher, plus perplexe encore.

– Je n'ai rien compris.

P101 acquiesça en souriant.

– Moi non plus. En plus, elle était désolante, ton histoire de navets…

Les deux amis plaisantèrent encore quelques minutes avant de s'endormir, fatigués par les émotions de ces derniers jours.

Quand il ouvrit les yeux, Neptune fut étonné de se retrouver à nouveau dans le couloir des rêves. Certain qu'elle serait verrouillée, il poussa machinalement la porte de la Confrérie. Elle ne l'était pas ! Il emprunta pour la dernière fois sans doute l'escalier et émergea dans la salle de réunion. Elle était obscure et vide. Seule la lumière que laissait filtrer la trappe utilisée par Neptune permettait d'entrevoir les contours de la pièce inanimée. Il l'observa avec une certaine nostalgie et s'apprêtait à repartir lorsqu'il faillit glisser.

Ses yeux s'étaient partiellement habitués à l'obscurité et il constata qu'une petite feuille de papier traînait sur le sol. Il la prit et, une fois retourné dans le couloir des rêves, lut, empressé, le mot qui était écrit dessus :

Cher Neptune, merci d'avoir restauré le fil de l'histoire. Le véritable héros, désormais, c'est toi. La Confrérie et moi ne te remercierons jamais assez. Je n'aurai plus à dissimuler ma véritable identité. Nous serons amenés à nous revoir, très prochainement, cette fois à visage découvert. L'Aurore d'aujourd'hui sera peut-être le soleil de demain. Mais il te faudra, pour cela, prendre tes responsabilités, assumer qui tu es… Copernic.

La lecture avait été difficile. À la pénombre du lieu s'ajoutaient des tremblements violents. Neptune était sur le point de perdre l'équilibre. Le couloir semblait soudainement chahuté par une immense force inconnue.

– 1, réveille-toi ! Réveille-toi ! 1 !

P101 entrouvrit ses yeux. Il distingua P102 en train de le secouer dans tous les sens.

– Les gardiens ? s'inquiéta-t-il mécaniquement.

– Oui, bien sûr. C'est pour ton entretien. Et la Confrérie des Songes n'a jamais existé, lui répondit P102, hilare. Dépêche-toi ! Il te faut rejoindre l'Érudit. Il est bientôt huit heures.

Vingt minutes plus tard, P101 grimpait les escaliers de la tour pyramidale en ressassant le message laissé par Copernic : « Assumer qui tu es »… Que voulait-il dire ?

Parvenu au sixième étage, il retrouva l'Érudit qui l'attendait sur le pas de la porte principale du niveau.

– Te voilà enfin ! s'écria-t-il. Merci d'être venu. Suis-moi.

Sans même attendre de réponse, il emprunta un couloir et s'arrêta bientôt devant une seconde porte très banale, sans numéro, ni nom. Il l'ouvrit à l'aide d'une clé et vérifia des deux côtés que personne ne regardait la scène. Rassuré, il pénétra dans la pièce. P101 le suivit, toujours plus intrigué. L'Érudit referma derrière eux la porte à double tour. Envahie de livres, cette pièce n'avait *a priori* rien d'extraordinaire. Rien qui justifie de telles précautions.

– Que se passe-t-il ? Pourquoi m'avoir amené ici ?

Le visage de l'Érudit ne lui avait jamais semblé aussi sérieux.

– Nous vieillissons vite, trop vite. L'Aurore en est déjà à son crépuscule. D'après mes premières observations, les adultes continuent de composer avec les effets de l'Éphémère. Bientôt, plus aucun d'entre nous ne sera capable d'encadrer ce monde. Nous ne sommes déjà plus très nombreux. Il ne restera plus que vous, les enfants.

Stupéfait, P101 regarda son père alors qu'il branchait un moniteur, jusqu'ici totalement invisible, recouvert par une multitude d'ouvrages et un épais dépôt de poussière. Seul l'écran semblait avoir été essuyé récemment.

– Il nous faut trouver de nouvelles ressources. Il nous faut investir le monde, sortir de notre terrier. Je ne sais pas si j'aurai suffisamment de temps…

Tout en poursuivant son monologue, il alluma le moniteur. S'afficha à l'écran la salle magistrale de la tour. On pouvait voir et entendre dialoguer les deux sages qui, au même moment, s'y trouvaient installés.

– Tu es mon fils. L'organisation que j'ai proposée hier soir ne durera qu'un temps, elle n'est qu'une première étape. Je ferai de toi, durant cette période transitoire, le nouveau soleil de notre civilisation.

P101 continuait de visionner la scène. Il n'était pas sûr de comprendre où voulait en venir son père...

TABLE DES MATIÈRES

1 - Éclipses 7
2 - Rumeurs 13
3 - Interrogatoire 21
4 - Commémoration 27
5 - Une voix dans la nuit 33
6 - Le projet Pandore 39
7 - La Confrérie en danger 45
8 - Dans la tour pyramidale 51
9 - La trahison de Neptune 57
10 - Une lueur d'espoir 61
11 - Emprisonné 65
12 - Le Sage second 69
13 - Évasion 75
14 - À l'abri des regards 81
15 - L'Érudit 87
16 - Éveil 93
17 - Aube et crépuscule 101

Ouvrages Jeunesse aux 2 Encres

Dans la collection Éveil juniors
Le fabuleux voyage de Petit Atlas, *Nicole Reynaert-Pellin*
Dis-nous, Martin... La trisomie 21 racontée aux plus jeunes, *Corinne Baligand*
Le Papillon d'Or, *Stéphanie Bideau*
Papy Aventure, *Claude Gosselin*
Comptines à dire, à lire, à rire et à chanter, *Nathalie Almeida*
Et le ciel vécut dans l'eau, *Laurette Succar et Agnès Sheikh*
Mission Sourire, *Anne Giraudeau*
Le monde selon Nyamba, *Patricia Tella, Atelier des Korrigans*

Dans la collection Manuscrit Roman jeunesse
Un amour de poète, *Christine Benoit*
Le secret d'Appoline, *Vonicke Ditisheim*

Dans la même collection Encre Juniors
La légende des Tartembouilles, *Vonicke Ditisheim*
Le cerveau d'Archibald, *Michèle Henry*
Le clochard de la rue Vivaldi, *Vonicke Ditisheim*
La Bête du Sapt, *Olivier Pally*
Deux Doux Dingues, *Vonicke Ditisheim*
Un terrible Secret, *Christiane Legris-Desportes*
Jamais le temps !, *Christiane Legris-Desportes*
La sorcière de Magicville, *Stéphanie Lagalle*
Azkan, fils du Grand Nord - tome I, *Nathalie Almeida*
Au cœur des Mondes, *Axelle Colau*
Le mage noir de Magicville, *Stéphanie Lagalle*
Bial, cité en danger, *Jacques Fragnière*
L'enfant et le bélier, *Céline Vassogne*
Azkan et la guerre des loups – tome II, *Nathalie Almeida*
Marine et le chaudron climatique. Le chemin de la Terre T.1, *Véronique Veillon*
Histoires pour 1 m 20 et plus, *Dominique Dachicourt et Laurie Faghel*
Un monde ensorcelé, *Anne Beaugrand - Myl Roqui*
L'Harmonica bleu, *Chantal Dislaire*
Mahaut du Fargis - Le Mystère de la Grotte au Diable - T.1, *Sophie Noël*
Tartines - Confitures et frotte-à-l'ail, *Bernard Delahaye*
Sous l'ombre d'un seul - Loups rouges - T.1, *Lucile Dumont*

Direction d'ouvrage
Nathalie Costes

Impression
Jouve
53100 Mayenne

DÉPÔT LÉGAL
juin 2014

Loi n° 49-956 du 16 juillet 1949
sur les publications destinées à la Jeunesse